超級偶像
應援日語

日本偶像天團舞者教你流行日語 ★

蘿莉G ＆ATSUO◎著

U0043864

超級偶像應援日語

作者序/蘿莉G

　　這本有點跳tone的日語教學書，在臉譜出版責任編輯胡娘娘鋼鐵般的絕對威權下，狠狠地讓小妮子我寫白了頭、寫花了臉、寫斷了智齒、寫粗了腰、最後也寫大了屁屁▄■▀▐●ガーン!!!

　　吆喝著種種辛酸血淚出書，蘿莉G希望EVERYBODY無論正在學日語、打算學日語，或者日語程度已達至高無上境界的朋友們，通通可以藉由這本書，懷抱著快樂心情、輕鬆學會正港日本年輕人用語，同時catch到日本藝能、流行時尚最新最IN的第一手情報☆

　　本書雖然還是不能免俗地分為會話、單字、句型三個橋段，但最大的特色，則在於完全跳脫按部就班的制式語法，忠於日本年輕人平常用語的習慣、語氣。主要是因為蘿莉G深切認為，學習外國語言時，用對文法句型固然重要，但是和當地人「講ㄟ通」更重要！So，請大家一定要抱著「不恥一說」的心態來面對日語學習，逮到機會就發揮雜草精神，多問、多說、多表現！

　　另外，特別強調(臭屁?)的是，書中瀟灑登場的眾型男、美女，完全是活生生、實際存在的真實人物，也都是蘿莉G工作、生活上不可或缺的好夥伴，託他們的福，蘿莉G才能與日本零時差、零距離地學到真正屬於年輕人式的口語，進而將這難能可貴的日文口語學習經驗分享給大家。

　　在台灣，無論食、衣、住、行各方面，隨處可見日本文化的融合，儼然就是一個超大型的日語生活教室！除了市面上琳琅滿目、內容豐富的日語學習書外，舉凡偶像日劇的對白、台壓版東洋音樂裡的歌詞、日版流行時尚雜誌、甚至連日本料理店的菜單……也都是粉讚的日語教材！蘿莉G超級鼓勵所有對日語有興趣的朋友，不妨細心觀察周遭環境、聰明利用現有教材，保證大家日本語天天開心學、輕鬆就上手喔！

　　気楽に頑張りましょう♥

　　台湾のみなさん、初めまして、こんにちは！そして、よろしくお願いします！

　　私たち日本人と台湾人は、お互いに愛し合っている恋人や、助け合って生きて行く兄弟のような関係だと思っていますし、これからはもっと、もっと距離が縮まればと願っています。

　　携帯電話やインターネットが発達し、世界中とコネクト出来るようになりましたが、今だ言語の壁は世界中に立ちはだかっています。私自身、旅行先で言葉が通じなくて、悲しい、寂しい思いをした事が何度もあります。

　　少しでも楽しく、簡単にコミュニュケーションが取れたら…こんな願いがこの本には詰まっています。

　　お互いが持つ素晴らしい文化の交流。本当の意味でのボーダレス時代の到来を夢見て！

　　　台灣的朋友們，初次見面，你們好！也請多指教！
　　　我們日本人和台灣人的關係，猶如互相深愛對方的戀人、或像互助而生的兄弟般密切，深切期望今後我們之間的距離能夠更加縮短。
　　　隨著手機和網路的發達，雖然讓我們能夠與世界緊密相連，但是現今語言隔閡的障礙，仍然像高牆般地橫阻。我自己就曾經多次因為語言不通，在旅行當地飽受難過、寂寞的心情煎熬。
　　　希望藉由這本日語學習書的出版，能夠帶來多點愉快、簡單的溝通，也促成兩國優良文化交流。
　　　讓我們期待真正無國界的時代來臨！

如何使用本書

全國首創日語學習＋偶像情報＋哈日研究的唯一日語追星完全教學書！

藉由5位現任日本偶像天團的專屬舞者、造型師，共同打拼日本藝界的故事發展，呈現最生活、真實、自然的對話。透過故事鋪陳，帶領大家親臨其他日語書所未見的場景：傑尼斯偶像專賣商店、大明星御用沙龍、PUB夜店、演唱會現場……學習不同領域的流行對話，以及了解更多偶像、藝能情報。

讀者朋友可以跟著本書章節循序漸進，以閱讀一篇「星夢導航」故事的方式輕鬆學習；或可依個人需求、喜好，直接挑選適合的主題章節學習。相信本書創新的主題教學，對於要哈日追星、明星養成，融入日本街頭流行的讀者們，將有耳目一新的日本語學習體驗！

本章故事綱要，說明內容的發展，以及本章學習的情境主題。

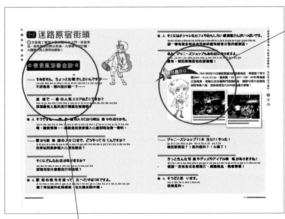

☆情報轟炸G

作者蘿莉G化身特派員，隨時補充說明會話中所提及事物的特殊性，並提供相關的日本當地情報。

☆普普風定番會話

「普普風」＝POP，就是Popular的縮寫；「定番」＝必備、基本的意思。表示會話的設計，都是基礎、流行的生活日語。

☆必勝！激生完美句型

激生＝原始、基本的意思。以「句型文法」的模式，整理可直接套用的文法，解除日文文法學習的困難，幫助讀者即學即用！

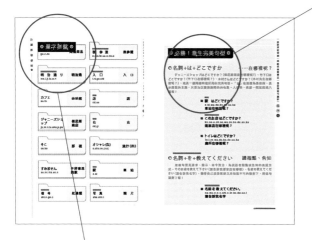

☆單字拼盤

該章節內容出現的日文單字。

☆特典一：G&A發騷珍格言の卷☆彡

特典＝Special、Gift；發騷＝散播風騷；珍格言＝稀有珍貴的金言；卷＝篇。針對該篇章主題，作者ATSUO、蘿莉G以年輕人觀點、流行風潮，提供日本在地獨家情報。

☆特典二：一番研究所

針對該篇章主題，整理延伸資料，增加讀者日本觀光、學習的各類資訊。

CONTENTS 目錄

日文五十音對照表

作者打破傳統日語五十音教學，以一個字母為單位，包含清音、濁音、半濁音、拗音、促音等各式發音法，將平假名、片假名、羅馬拼音三合一，完整呈現的新興五十音記憶法。

あ	あ ア a	い イ i	う ウ u	え エ e	お オ o
か	か カ ka	き キ ki	く ク ku	け ケ ke	こ コ ko
が	が ガ ga	ぎ ギ gi	ぐ グ gu	げ ゲ ge	ご ゴ go
さ	さ サ sa	し シ shi	す ス su	せ セ se	そ ソ so
ざ	ざ ザ za	じ ジ ji	ず ズ zu	ぜ ゼ ze	ぞ ゾ zo
た	た タ ta	ち チ chi	つ ツ tsu	て テ te	と ト to
だ	だ ダ da	ぢ ヂ di	づ ヅ du	で デ de	ど ド do
つ	つぁ ツァ tsa	つぃ ツィ tsi		つぇ ツェ tse	つぉ ツォ tso
な	な ナ na	に ニ ni	ぬ ヌ nu	ね ネ ne	の ノ no
は	は ハ ha	ひ ヒ hi	ふ フ fu	へ ヘ he	ほ ホ ho
ば	ば バ ba	び ビ bi	ぶ ブ bu	べ ベ be	ぼ ボ bo
ぱ	ぱ パ pa	ぴ ピ pi	ぷ プ pu	ぺ ペ pe	ぽ ポ po
ふ	ふぁ ファ fa	ふぃ フィ fi		ふぇ フェ fe	ふぉ フォ fo
ま	ま マ ma	み ミ mi	む ム mu	め メ me	も モ mo
や	や ヤ ya		ゆ ユ yu		よ ヨ yo
ら	ら ラ ra	り リ ri	る ル ru	れ レ re	ろ ロ ro
わ	わ ワ wa	うぃ ウィ wi		うぇ ウェ we	を ヲ wo
ん	ん ン n				
ヴ	ヴァ va	ヴィ vi	ヴ vu	ヴェ ve	ヴォ vo

きゃ キャ kya	きゅ キュ kyu	きぇ キェ kye	きょ キョ kyo	くぁ クァ kwa
ぎゃ ギャ gya	ぎゅ ギュ gyu	ぎぇ ギェ gye	ぎょ ギョ gyo	ぐぁ グァ gwa
しゃ シャ sha	しゅ シュ shu	しぇ シェ she	しょ ショ sho	
じゃ ジャ ja	じゅ ジュ ju	じぇ ジェ je	じょ ジョ jo	
ちゃ チャ cha	ちゅ チュ chu	ちぇ チェ che	ちょ チョ cho	とぅ トゥ twu
ぢゃ ヂャ dya	ぢゅ ヂュ dyu	ぢぇ ヂェ dye	ぢょ ヂョ dyo	どぅ ドゥ dwu
にゃ ニャ nya	にゅ ニュ nyu	にぇ ニェ nye	にょ ニョ nyo	
ひゃ ヒャ hya	ひゅ ヒュ hyu	ひぇ ヒェ hye	ひょ ヒョ hyo	
びゃ ビャ bya	びゅ ビュ byu	びぇ ビェ bye	びょ ビョ byo	
ぴゃ ピャ pya	ぴゅ ピュ pyu	ぴぇ ピェ pye	ぴょ ピョ pyo	
みゃ ミャ mya	みゅ ミュ myu	みぇ ミェ mye	みょ ミョ myo	
りゃ リャ rya	りゅ リュ ryu	りぇ リェ rye	りょ リョ ryo	

　　東京・原宿——日本漾妹酷弟的流行聖地，熱血追星族Thumb為了實現滿懷的星夢，拎著一把吉他、一只背包，勇敢上京！

　　滿心期待組成偶像團體、成為亞洲SUPER STAR的Thumb，為了尋找志同道合的舞林夥伴，終於在涉谷最IN的PUB，巧遇Kazuya、Shingo、Shin.1一掛年輕舞者，究竟這群喜歌愛舞的瘋狂小夥子，能不能成功闖入繽紛星河燃燒發光？Thumb又將如何搖身變為流行時尚男？而在春天午後，與下北澤Café邂逅女孩Yui的戀情又將如何發展呢？……

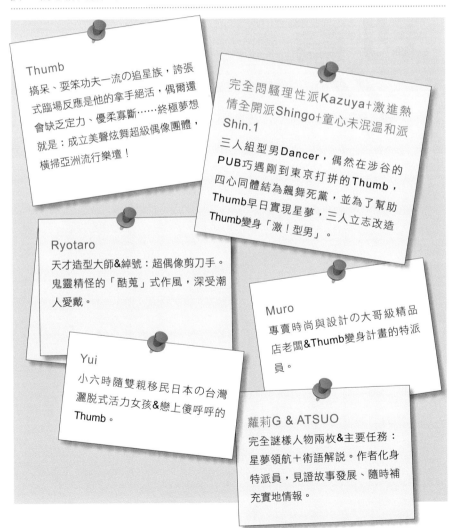

Thumb
搞呆、耍笨功夫一流の追星族，誇張式臨場反應是他的拿手絕活，偶爾還會缺乏定力、優柔寡斷……終極夢想就是：成立美聲炫舞超級偶像團體，橫掃亞洲流行樂壇！

完全悶騷理性派Kazuya+激進熱情全開派Shingo+童心未泯溫和派Shin.1
三人組型男Dancer，偶然在涉谷的PUB巧遇剛到東京打拼的Thumb，四心同體結為飆舞死黨，並為了幫助Thumb早日實現星夢，三人立志改造Thumb變身「激！型男」。

Ryotaro
天才造型大師&綽號：超偶像剪刀手。鬼靈精怪的「酷蒐」式作風，深受潮人愛戴。

Muro
專賣時尚與設計の大哥級精品店老闆&Thumb變身計畫的特派員。

Yui
小六時隨雙親移民日本的台灣灑脱式活力女孩&戀上傻呼呼的Thumb。

蘿莉G & ATSUO
完全謎樣人物兩枚&主要任務：星夢領航＋術語解説。作者化身特派員，見證故事發展、隨時補充實地情報。

CHAPTER.I

行地著
流聖到!!

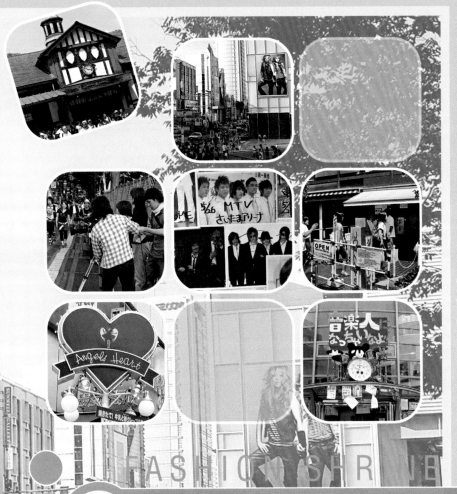

FASHION SHRINE

滿懷閃亮星夢的Thumb，千里迢迢終於來到了東京，立刻飛奔嚮往已久的星光聖地──原宿。整天夢想踏上演藝之路的他，滿心期待能夠在時髦的街頭，幸運地被星探發掘……沒想到，「莊稼俗」初來乍到流行大都會，佇立在擁擠的人潮中，眼前盡是五花八門的建築物、形形色色的新潮裝扮……當場傻眼！最後只落得「原宿街頭迷航記」……

1-1 迷路原宿街頭

✿ 普普風定番会話 ✿

Thumb すみません、ちょっとお聞きしたいんですが……
su.mi.ma.se.n.cho.t.to.o.ki.ki.shi.ta.i.n.de.su.ga
不好意思，想向您打聽一下……

原宿で一番の人気エリアはどこですか？
ha.ra.ju.ku.de.i.chi.ba.n.no.ni.n.ki.e.ri.a.wa.do.ko.de.su.ka
原宿最有人氣的流行鬧區在哪裡呢？

路 人 そうですね……表参道の入り口から明治通りの辺りかな。
so.o.de.su.ne.o.mo.te.sa.n.do.no.i.ri.gu.chi.ka.ra.me.i.ji.to.o.ri.no.a.ta.
ri.ka.na
嗯，讓我想想……應該是從表參道入口處到明治通一帶吧。

Thumb 駅から表参道の入り口まで、どうやって行くんですか？
e.ki.ka.ra.o.mo.te.sa.n.do.o.no.i.ri.gu.chi.ma.de.do.o.ya.t.te.i.ku.n.de.su.ka
從車站到表參道入口要怎麼走？

そこにどんなお店がありますか？
so.ko.ni.do.n.na.o.mi.se.ga.a.ri.ma.su.ka
那裡有些什麼樣流行的店呢？

路 人 駅前の信号を渡って、右へ行けばOKですよ。
e.ki.ma.e.no.shi.n.go.o.o.wa.ta.t.te.mi.gi.e.i.ke.ba.o.k.ke.e.de.su.yo
過了車站前的紅綠燈後，往右邊走就OK囉。

路 人　そこにはオシャレなカフェやおもしろい 雑貨屋さんがいっぱいです。

so.ko.ni.wa.o.sha.re.na.ka.fe.ya.o.mo.shi.ro.i.za.k.ka.ya.sa.n.ga.i.p.pa.i.de.su

那一帶有很多有品味的咖啡館和新奇古怪的雜貨店。

あと、ジャニーズショップもあの辺にありますよ。

a.to.ja.ni.i.zu.sho.p.pu.mo.a.no.he.n.ni.a.ri.ma.su.yo

還有，傑尼斯商店也在那裡喔！

★ 情報轟炸G

2007年9月15日重新開張的傑尼斯商店，專賣旗下眾天團SMAP、Kinki Kids、瀧與翼、V6、KAT-TUN、NEWS等偶像正版寫真、海報以及各種熱門周邊商品，隨時可見大批歌迷排隊等候入場，是粉絲荷包大失血的偶像天堂喔！

進入傑尼斯商店前，得先在明治神宮站前廣場排隊，等候專人引導。

店內空間並不大，J飯必須依序進入以保持店內的人數。

Thumb　ジャニーズショップ?!本 当に?!やった！

ja.ni.i.zu.sho.p.pu.ho.n.to.o.ni.ya.t.ta

傑尼斯商店？！真的假的？！太棒了！

きっと色んな写 真やグッズやアイドル情 報がありますね?!

ki.t.to.i.ro.n.na.sha.shi.n.ya.gu.z.zu.ya.a.i.do.ru.jo.o.ho.o.ga.a.ri.ma.su.ne

裡面一定有各式各樣照片、周邊商品、偶像情報?!

路 人　そうだと思います。

so.o.da.to.o.mo.i.ma.su

我想是的。

路 人　原宿は常に流行の最先端を走ってますからね。
ha.ra.ju.ku.wa.tsu.ne.ni.ryu.u.ko.o.no.sa.i.se.n.ta.n.o.ha.shi.t.te.ma.su.ka.ra.ne
因為原宿隨時都跑在流行的最前端嘛！

オシャレな人がここに集まるから、芸能人のスカウトも多いですよ。
o.sha.re.na.hi.to.ga.ko.ko.ni.a.tsu.ma.ru.ka.ra.ge.i.no.o.ji.n.no.su.ka.u.to.mo.o.o.i.de.su.yo
時髦的人都聚在這裡，也常有星探發掘藝人的例子呢！

Thumb　どうもありがとうございました。
do.o.mo.a.ri.ga.to.o.go.za.i.ma.shi.ta
非常謝謝你。

早速この街を歩いてみたいと思います！
sa.s.so.ku.ko.no.ma.chi.o.a.ru.i.te.mi.ta.i.to.o.mo.i.ma.su
真想立刻逛一逛這裡！

もしかして、僕もスカウトされるかもしれませんよ、はは！
mo.shi.ka.shi.te.bo.ku.mo.su.ka.u.to.sa.re.ru.ka.mo.shi.re.ma.se.n.yo.ha.ha
説不定，我也會被星探發掘喔！呵呵！

路 人　頑張ってください！グッドラック！
ga.n.ba.t.te.ku.da.sa.i.gu.d.do.ra.k.ku
加油！祝你好運！

✿ 單字拼盤 ✿

おもて さん どう
表 参 道　　　表參道
o.mo.te.sa.n.do.o

めい じ とお
明 治 通 り　　明治通
me.i.ji.to.o.ri

いり ぐち
入 口　　　　入 口
i.ri.gu.chi

カフェ　　　　咖啡館
ka.fe

みせ
店　　　　　　店
mi.se

ジャニーズ　　傑尼斯
ショップ　　　商店
ja.ni.i.zu.sho.p.pu

みぎ
右　　　　　　右
mi.gi

そこ　　　　　那　裡
so.ko

オシャレ(な)　流行(的)
o.sha.re.(na)

すみません　　不好意思
su.mi.ma.se.n　抱歉

えき
駅　　　　　　車　站
e.ki

しん ごう
信 号　　　　紅綠燈
shi.n.go.o

しゃ しん
写 真　　　　照 片
sha.shi.n

グッズ
gu.z.zu
周邊商品

さいせんたん
最先端
sa.i.se.n.ta.n
最前線

はらじゅく
原宿
ha.ra.ju.ku
原宿

スカウト
su.ka.u.to
星探發掘

さっそく
早速
sa.s.so.ku
立刻
馬上

きっと
ki.t.to
一定

りゅうこう
流行
ryu.u.ko.o
流行

げいのうじん
芸能人
ge.i.no.o.ji.n
藝人

つね
常に
tsu.ne.ni
經常

グッドラック
gu.d.do.ra.k.ku
Good luck

ねんれい
年齢
ne.n.re.i
年齢

でんわばんごう
電話番号
de.n.wa.ba.n.go.o
電話號碼

✿ 必勝！激生完美句型 ✿

◎ 名詞＋は＋どこですか　　　……在哪裡呢？

ジャニーズショップはどこですか？（傑尼斯商店在哪裡呢？）、竹下口は
どこですか？（竹下口在哪裡呢？）、木村さんはどこですか？（木村先生在哪
裡呢？），這是一個問路時超好用的完美句型。「は」在這裡為係助詞，表
示前面的主題，只要加以變換詢問的地點、人或物，保證一問就四通八達
喔！

1 駅(えき)はどこですか？
e.ki.wa.do.ko.de.su.ka
車站在哪裡呢？

2 このお店(みせ)はどこですか？
ko.no.o.mi.se.wa.do.ko.de.su.ka
這家店在哪裡呢？

3 トイレはどこですか？
to.i.re.wa.do.ko.de.su.ka
廁所在哪裡呢？

◎ 名詞＋を＋教(おし)えてください　　請指點、告知

這個句型是請求、指示、命令對方，為説話者指點或告知的表達方
式。そのお店を教えて下さい（請告訴我那家店在哪裡）、名前を教えてくだ
さい（請告訴我名字），懶得自己找答案卻又非知道不可的情形下，用這句
就對了喔！

1 名前(なまえ)を教(おし)えてください。
na.ma.e.o.o.shi.e.te.ku.da.sa.i
請告訴我名字。

2 年齢を教えてください。
ne.n.re.i.o.o.shi.e.te.ku.da.sa.i
請告訴我年齡。

3 電話番号を教えてください。
de.n.wa.ba.n.go.o.o.o.shi.e.te.ku.da.sa.i
請告訴我電話號碼。

▶ ……と思います　　　想、感覺、認為、覺得

　　表示説話者的主觀判斷、或個人意見時最常使用的句型，通常接在一段話的後面，例如：絶対流行ると思います（我認為絶對會流行）、雨が降ると思います（我想會下雨），千萬要注意的是，在這個完美句型中的主語必定是説話者本人而不能是第三者。

1 あの子は可愛いと思います。
a.no.ko.wa.ka.wa.i.i.to.o.mo.i.ma.su
我覺得那個女孩很可愛。

2 木村拓哉はカッコイイと思います。
ki.mu.ra.ta.ku.ya.wa.ka.k.ko.i.i.to.o.mo.i.ma.su
我認為木村拓哉很帥。

3 浜崎あゆみは素敵だと思います。
ha.ma.za.ki.a.yu.mi.wa.su.te.ki.da.to.o.mo.i.ma.su
我認為濱崎步很有魅力。

1-11 超級偶像專賣區

經 過路人指點，Thumb決定先行前往人氣鼎沸的「傑尼斯商店」朝聖，親身體驗原宿星光的震撼力，順便打探進軍演藝界的各種「星」機會，說不定今日好運到，瞎逛逛也能遇上星探來發掘呢！

❀ 普普風定番会話 ❀

Thumb ジャニーズショップはどこに 並べばいいですか？
ja.ni.i.zu.sho.p.pu.wa.do.ko.ni.na.ra.be.ba.i.i.de.su.ka
傑尼斯商店要在哪排隊才好呢？

整理券はどこでもらえますか？
se.i.ri.ke.n.wa.do.ko.de.mo.ra.e.ma.su.ka
在哪裡領號碼牌呢？

路 人 地下鉄の駅前の広場だよ！
chi.ka.te.tsu.no.e.ki.ma.e.no.hi.ro.ba.da.yo
地下鐵站前廣場啊！

二 話不說，Thumb趕緊找到明治神宮站前廣場的隊伍，急忙加入J飯的行列，等著進入心目中憧憬已久的偶像天堂……

Thumb すみません、SMAP の写真集が買いたいんですが……
su.mi.ma.se.n.su.ma.p.pu.no.sha.shi.n.shu.u.ga.ka.i.ta.i.n.de.su.ga
不好意思，我想買SMAP的寫真集……

店 員 ごめんなさい、売り切れなんです。
go.me.n.na.sa.i.u.ri.ki.re.na.n.de.su
抱歉，目前缺貨中。

Thumb **木村 拓哉の他の写真はありますか？**
ki.mu.ra.ta.ku.ya.no.ho.ka.no.sha.shi.n.wa.a.ri.ma.su.ka
還有其他木村拓哉的照片嗎？

店 員 **向こうに沢山ありますよ！**
mu.ko.o.ni.ta.ku.sa.n.a.ri.ma.su.yo
另一端有很多喔！

YA！終於買到帥神木村的照片！難得進來店裡，Thumb捨不得馬上離開，正在流連忘返時，剛巧聽見幾個粉絲正在熱烈討論傑尼斯明星情報，興奮地上前湊熱鬧，也想藉機認識一些東京同好，交換最IN流行訊息！

Thumb **あの～、すみませんが、もしかしてカトゥーンのファンですか？**
a.no.o.su.mi.ma.se.n.ga.mo.shi.ka.shi.te.ka.tu.u.n.no.fa.n.de.su.ka
不好意思，請問你們是KAT-TUN的歌迷嗎？

粉絲A **はい！大ファンです！**
ha.i.da.i.fa.n.de.su
是啊！我們超愛的！

Thumb **この亀梨和也のうちわはいくらですか？**
ko.no.ka.me.na.shi.ka.zu.ya.no.u.chi.wa.wa.i.ku.ra.de.su.ka
這把龜梨和也的應援扇要多少錢呢？

粉絲B **1 500 円 です。**
se.n.go.hya.ku.e.n.de.su
1500元日幣。

情報轟炸G

一般常見的「應援扇」可分為官方、自製兩種，官方扇大部分只印有偶像大頭照，但自製扇則是粉絲們嘔心瀝血的傑作！許多熱情的粉絲在演唱會中，滿心期盼藉著花樣百出的應援扇，博得偶像送來秋波一枚！

J飯自製V6應援扇

傑尼斯官方製作的光源氏應援扇

Thumb　この前の東京ドームコンサートに行きましたか？
ko.no.ma.e.no.to.o.kyo.o.do.o.mu.ko.n.sa.a.to.ni.i.ki.ma.shi.ta.ka
你們有去看之前的東京巨蛋演唱會嗎？

粉絲C　もちろん！最高でしたよ！
mo.chi.ro.n.sa.i.ko.o.de.shi.ta.yo
當然有！簡直棒透了！

Thumb　僕もファンクラブに入りたいんですが……
bo.ku.mo.fa.n.ku.ra.bu.ni.ha.i.ri.ta.i.n.de.su.ga
我也想加入歌友會……

粉絲C　だったら、渋谷のファミリークラブに行ってください。
da.t.ta.ra.shi.bu.ya.no.fa.mi.ri.i.ku.ra.bu.ni.i.t.te.ku.da.sa.i
那就參加涉谷的J飯家族俱樂部。

情報轟炸G

所謂「J飯家族俱樂部」就是Johnny's Family Club，是採會員制的歌迷俱樂部，參加的會員通稱J飯，目前會員人數保守估計至少200萬人，享有演唱會門票優先購買權、特製會刊、會員卡，偶爾還有會員限定DVD可以購買，會員生日時，還會貼心地寄送生日卡！現今的所在地為：〒150-8550東京都渋谷区渋谷1-10-10ミヤマスタワーB1F

Thumb 友達 になって、情 報を教えてもらえませんか？
to.mo.ta.chi.ni.na.t.te.jo.o.ho.o.o.o.shi.e.te.mo.ra.e.ma.se.n.ka
那我可以跟你們成為朋友，交換情報嗎？

粉絲A いいですよ！メル友になりましょう！
i.i.de.su.yo.me.ru.to.mo.ni.na.ri.ma.sho.o
好啊！就當網路筆友吧！

★ 情報轟炸G

　　日本人很愛用手機或電腦傳e-mail，最常見到大家在電車上，低頭猛敲手機鍵盤，透過網路mail擴大交友圈。因此，初次認識的朋友，可以互相交換網路帳號，透過手機傳訊來聯繫友情，也就是所謂的「網路筆友」。

✿ 單字拼盤 ✿

| せいりけん
整理券
se.i.ri.ke.n | 號碼牌 |

| えきまえ
駅前
e.ki.ma.e | 站　前 |

| ひろ ば
広場
hi.ro.ba | 廣　場 |

| SMAP
su.ma.p.pu | SMAP
（日本男偶像天團） |

| しゃしんしゅう
写真集
sha.shi.n.shu.u | 寫真集 |

| ごめんなさい
go.me.n.na.sa.i | 抱歉
對不起 |

| う　き
売り切れ
u.ri.ki.re | 缺貨
賣光 |

| きむらたくや
木村 拓哉
ki.mu.ra.ta.ku.ya | 木村拓哉
（SMAP團員之一） |

| ほか
他
ho.ka | 其　他 |

| む
向こう
mu.ko.o | 那一邊 |

| たくさん
沢山
ta.ku.sa.n | 很　多 |

| カトゥーン
ka.tu.u.n | KAT-TUN
（日本男偶像團體） |

| ファン
fa.n | 粉絲
支持者 |

日本語	中文
この前 まえ ko.no.ma.e	之前
東京ドーム とうきょう to.o.kyo.o.do.o.mu	東京巨蛋
コンサート ko.n.sa.a.to	演唱會
最高 さいこう sa.i.ko.o	極、最
亀梨和也 かめなしかずや ka.me.na.shi.ka.zu.ya	龜梨和也 （KAT-TUN 團員之一）
うちわ u.chi.wa	應援扇
いくら i.ku.ra	多少錢
1 500 円 せんごひゃくえん se.n.go.hya.ku.e.n	1500元 日幣
だったら da.t.ta.ra	那麼 既然如此
渋谷 しぶや shi.bu.ya	渋谷
ファミリークラブ fa.mi.ri.i.ku.ra.bu	家族倶樂部
友達 ともたち to.mo.ta.chi	朋友
情報 じょうほう jo.o.ho.o	情報
メル友 とも me.ru.to.mo	網路筆友

❀ 必勝！激生完美句型 ❀

◉ 名詞 + は / が + ありますか？ 　　有……嗎？
　　　　　　　　　　　　　　　　　　　有沒有……呢？

買東西的時候，只要在は或が的前面，加上想找的商品名、SIZE、顏色、樣式……然後再問「ありますか？」（有沒有啊？），馬上就可以得到對方的回應。但是，千萬注意！這個句型只適用在詢問沒有生命的「物件、東西」上，如果你在傑尼斯商店問：「松本潤はありますか？」（有沒有松本潤這玩意兒？），應該會立刻被粉絲們剁成肉醬拌麵吞了吧？！正確說法，得在人物和は、が之間，再加上一個的字作為代名詞，例如：「松本潤のはありますか？」（有沒有松本潤的東西呢？）。

1 うちわはありますか？
u.chi.wa.wa.a.ri.ma.su.ka
有沒有應援扇呢？

2 タッキ―＆翼（つばさ）のがありますか？
ta.k.ki.i.a.n.do.tsu.ba.sa.no.ga.a.ri.ma.su.ka
有瀧與翼的嗎？

3 私（わたし）のはありますか？
wa.ta.shi.no.wa.a.ri.ma.su.ka
有我的嗎？

◉ もちろん 　　當然、這還用説、不言而喻

信心滿滿、用來強調「確實如此」的表達方式，具有表示「理所當然」和「可以接受」的心情，常見句型後緊跟著驚嘆符號！同時還有誇張肯定語氣的功能呢！

1 もちろん参加（さんか）しますよ！
mo.chi.ro.n.sa.n.ka.shi.ma.su.yo
當然要參加囉！

2 もちろん 好^すきですよ！

mo.chi.ro.n.su.ki.de.su.yo

當然喜歡啊！

3 もちろん 嫌^{いや} です！

mo.chi.ro.n.i.ya.de.su

這還用説，當然討厭！

▶ だったら　　　　　　　　　　　　那、那樣的話

　　這個句型通常放在句首，表示「如果那樣的話」的意思。當聽到對方講話，或得到某種新訊息後，表明説話者的態度或作出某種判斷推測。建議大家使用時，一定要秉持著對整個狀況或事情負責的態度才是正港心智成熟的一級大人啦。

Thumb　芸能人^{げいのうじん}になりたいと 思^{おも}っている。

ge.i.no.o.ji.n.ni.na.ri.ta.i.to.o.mo.t.te.i.ru

我想當藝人。

朋　友　だったら、今^{いま}すぐダイエットを 始^{はじ}めましょう！

da.t.ta.ra.i.ma.su.gu.da.i.e.t.to.o.ha.ji.me.ma.sho.o

那，現在就趕緊開始減肥吧！

I-Ⅲ 香甜魅惑可麗餅

Ⓗ ARAJUKU POWER果然不同凡響，馬上就讓Thumb充分感受原宿的星光魅力和流行藝術活力！當然，品嚐星夢地的美食也是不容錯過的行程！站在原宿冠軍名物的可麗餅屋前，甜甜的香味撲鼻，Thumb忍不住口水滴翻成浪……

口味多變、花樣百出的香甜可麗餅

❀ 普普風定番会話 ❀

Thumb すみません！ここで 一番 のおすすめは
どれですか？
su.mi.ma.se.n.ko.ko.de.i.chi.ba.n.no.o.su.
su.me.wa.do.re.de.su.ka
請問一下，你們最推薦的口味是哪一種呢？

服務生 バナナチョコ味のクレープが 人気 ですよ！
ba.na.na.cho.ko.a.ji.no.ku.re.e.pu.ga.ni.n.ki.de.su.yo
香蕉巧克力口味的可麗餅很受歡迎喔！

Thumb じゃあ、それを一 つ下 さい！
ja.a.so.re.o.hi.to.tsu.ku.da.sa.i
那麼請給我一份！

それと、アイスコーヒーをお 願 いします。
so.re.to.a.i.su.ko.o.hi.i.o.o.ne.ga.i.shi.ma.su
另外，請給我冰咖啡。

服務生 お持ち帰りでしょうか？
o.mo.chi.ka.e.ri.de.sho.o.ka
外帶嗎？

Thumb はい、そうです。
ha.i.so.o.de.su
是的，外帶。

お会計をお願いします。
o.ka.i.ke.i.o.o.ne.ga.i.shi.ma.su
麻煩請算帳。

服務生 ドリンクセットで 700 円になります。
do.ri.n.ku.se.t.to.de.na.na.hya.ku.e.n.ni.na.ri.ma.su
飲料套餐是700元日幣。

Thumb カードは使えますか？
ka.a.do.wa.tsu.ka.e.ma.su.ka
可以刷卡嗎？

服務生 申し訳ありませんが、うちは現金のみです。
mo.o.shi.wa.ke.a.ri.ma.se.n.ga.u.chi.wa.ge.n.ki.n.no.mi.de.su
非常抱歉，我們只收現金。

Thumb 分かりました！……ところで、この店は何時までですか？
wa.ka.ri.ma.shi.ta.to.ko.ro.de.ko.no.mi.se.wa.na.n.ji.ma.de.de.su.ka
沒問題！……對了，這家店營業到幾點呢？

服務生 10 時がラストオーダーです。
ju.u.ji.ga.ra.su.to.o.o.da.a.de.su
最終點餐時間是十點。

Thumb この店のショップカードってありますか？
ko.no.mi.se.no.sho.p.pu.ka.a.do.t.te.a.ri.ma.su.ka
這家店有沒有貴賓卡呢？

服務生 <ruby>ありますよ！是非<rt>ぜひ</rt></ruby>、またいらして<ruby>下<rt>くだ</rt></ruby>さい！
a.ri.ma.su.yo.ze.hi.ma.ta.i.ra.shi.te.ku.da.sa.i
有啊！敬請務必再度光臨！

Thumb ごちそうさまです！
go.chi.so.o.sa.ma.de.su
多謝招待！

✿ 單字拼盤 ✿

いちばん 一番 i.chi.ba.n	最、頂級

おすすめ o.su.su.me	推薦

どれ do.re	哪一個

あじ バナナチョコ味 ba.na.na.cho.ko.a.ji	香蕉巧克力口味

クレープ ku.re.e.pu	可麗餅

にんき 人気 ni.n.ki	人氣受歡迎

じゃあ ja.a	那麼

ひと 一つ hi.to.tsu	一個

アイス a.i.su	冰、涼

コーヒー ko.o.hi.i	咖啡

も かえ お持ち帰り o.mo.chi.ka.e.ri	外帶

かいけい 会計 ka.i.ke.i	算帳

ドリンク do.ri.n.ku	飲料

セット
se.t.to
套餐

ななひゃく えん
700 円
na.na.hya.ku.e.n.
700元日幣
（円：日幣的單位）

カード
ka.a.do
信用卡
卡片

うち
u.chi
敝店
敝人

げん きん
現 金
ge.n.ki.n
現 金

のみ
no.mi
只、僅

ところで
to.ko.ro.de
話説
另外

なん じ
何 時
na.n.ji
幾 點

じゅうじ
10 時
ju.u.ji
十 點

ラストオーダー
ra.su.to.o.o.da.a
最終點菜

ショップカード
sho.p.po.ka.a.do
貴賓卡

ぜ ひ
是非
ze.hi
務 必

また
ma.ta
再、又

❀ 必勝！激生完美句型 ❀

◉ ～を＋數量詞＋ください　　　請給……（數量）

　　物品數量的單位真是很麻煩，有時連日本人自己也常常搞錯。例如衣服、紙張等扁薄物品的單位是「～枚」；鞋子、襪子的單位是「～足」；體積小的東西就用「～個」，然後在這些數量詞的後面加上「ください」（請給我……）。這是屬於請求、指示、命令對方的表達方式，當血拼或用餐點東西時，可以大大活用一番哩！

1 りんごを<ruby>一個<rt>いっこ</rt></ruby>ください。
ri.n.go.o.i.k.ko.ku.da.sa.i
請給我一個蘋果。

2 ビールを<ruby>五本<rt>ごほん</rt></ruby>ください。
bi.i.ru.o.go.ho.n.ku.da.sa.i
請給我五瓶啤酒。

3 ～枚（件、張）	**4** ～個（個）	**5** ～足（雙）
<ruby>一枚<rt>いちまい</rt></ruby> i.chi.ma.i	<ruby>一個<rt>いっこ</rt></ruby> i.k.ko	<ruby>一足<rt>いっそく</rt></ruby> i.s.so.ku
<ruby>二枚<rt>にまい</rt></ruby> ni.ma.i	<ruby>二個<rt>にこ</rt></ruby> ni.ko	<ruby>二足<rt>にそく</rt></ruby> ni.so.ku
<ruby>三枚<rt>さんまい</rt></ruby> sa.n.ma.i	<ruby>三個<rt>さんこ</rt></ruby> sa.n.ko	<ruby>三足<rt>さんそく</rt></ruby> sa.n.so.ku

よん まい
四 枚
yo.n.ma.i

よん こ
四 個
yo.n.ko

よん そく
四 足
yo.n.so.ku

ご まい
五 枚
go.ma.i

ご こ
五 個
go.ko

ご そく
五 足
go.so.ku

ろく まい
六 枚
ro.ku.ma.i

ろっ こ
六 個
ro.k.ko

ろく そく
六 足
ro.ku.so.ku

なな まい
七 枚
na.na.ma.i

なな こ
七 個
na.na.ko

なな そく
七 足
na.na.so.ku

はち まい
八 枚
ha.chi.ma.i

はっ こ
八 個
ha.k.ko

はっ そく
八 足
ha.s.so.ku

きゅうまい
九 枚
kyu.u.ma.i

きゅう こ
九 個
kyu.u.ko

きゅう そく
九 足
kyu.u.so.ku

じゅうまい
十 枚
ju.u.ma.i

じゅっこ
十 個
ju.k.ko

じゅっそく
十 足
ju.s.so.ku

なんまい
何 枚
na.n.ma.i
（幾件、張）

なん こ
何 個
na.n.ko
（幾個）

なん そく
何 足
na.n.so.ku
（幾雙）

応
援
追
跡
物
語
★

6 ～本
（枝、棵、瓶）

7 ～杯
（杯、碗）

いっ ぽん
一 本
i.p.po.n

きゅう ほん
九 本
kyu.u.ho.n

いっ ぱい
一 杯
i.p.pa.i

きゅう はい
九 杯
kyu.u.ha.i

に ほん
二 本
ni.ho.n

じゅっ ぽん
十 本
ju.p.po.n

に はい
二 杯
ni.ha.i

じゅっ ぱい
十 杯
ju.p.pa.i

さん ぼん
三 本
sa.n.bo.n

なん ぼん
何 本
na.n.po.n
（幾枝、棵、瓶）

さん ぱい
三 杯
sa.n.ba.i

なん ぱい
何 杯
na.n.pa.i
（幾杯、碗）

よん ほん
四 本
yo.n.ho.n

よん はい
四 杯
yo.n.ha.i

ご ほん
五 本
go.ho.n

ご はい
五 杯
go.ha.i

ろっ ぽん
六 本
ro.p.po.n

ろっ ぱい
六 杯
ro.p.pa.i

なな ほん
七 本
na.na.ho.n

なな はい
七 杯
na.na.ha.i

はっ ぽん
八 本
ha.p.po.n

はっ ぱい
八 杯
ha.p.pa.i

I-IV 特典一
G&A發騷珍格言の卷☆彡

蘿莉G：
唉～可憐的Thumb果然迷路了！
不過說起原宿血拼，表參道上幾乎都是昂貴的精品名牌，像PRADA、LV、香奈兒等，窮鬼也只能光看不能買(恨)。所以，我認為還是到物美價廉明治通血拼比較讚！而且，裏原宿有很多時髦的咖啡館，最適合在大血拼之後小歇一下呢！

ATUSO：
是啊！而且來到原宿，記得一定要品嚐香甜美味的可麗餅，雖然到原宿吃可麗餅是有點……鄉巴佬的行為……(汗)
像我們在地人就會選擇吃JANGARA明太子拉麵、APPLE TREE的蛋包飯！不過還是可以嘗試一下Laforet草莓屋的可麗餅，然後再去附近的傑尼斯商店買偶像商品，感覺會很讚喔！

在地內行人愛吃的JANGARA明太子拉麵、
APPLE TREE的蛋包飯

蘿莉G：
對呀！爆帥！SMAP、V6、NEWS、KAT-TUN……
ㄚ～～～(尖叫氣絕)！

ATSUO：
哇！你果然是標準J家偶像痴心迷！
說到明星偶像，由於日本全國愛現的怪傢伙都喜歡聚集在原宿，所以竹下
通、表參道一帶挖掘新人的星探還真不少！從走出原宿車站往表參道方向的
剪票口，據說就常有一大票星探埋伏，不過這些星探通常低調的可以，光是
從穿著打扮還蠻難辨識的，而且就算有自稱星探的人遞上名片，也一定要仔
細確認對方身分的真假，避免上當受騙！

蘿莉G：
難道說在日本，想進入演藝圈的年輕人，就只能等星探上門嗎？

ATSUO：
大部分是的，但是還有一種經由專門學校管道的方法喔！
在原宿地區最有名的就屬「ESP藝能学園」。課程分為舞蹈、歌唱、聲優等
科，專門培養演藝人才，聽說上電視演出也是學校安排的其中一門課程呢！
另外，在東京地區的演藝學校還有東邦傳播学園、TSM等。

蘿莉G：
哇～還真不少耶！難怪日本偶像源源不絕、前仆後繼迷死不少小百姓ㄋㄟ。
那麼すいません，說那麼多話，口都有點渴了，去喝杯咖啡吧！
ATSUO請客～

「すいません」就是「すみません」的意思，是日本年輕
人的用語，就像大家常用的「粉」好＝「很」好，這類
怪怪語調。學會這個說法，就表示你也是充滿活力的道
地年輕人喔！

I-V 特典二

原宿一番研究所：You are the shining STAR

☆ 星夢直航特區：原宿ESP藝能学園

　　原宿是集結日本流行文化大成的所在地，吸引全國各地型男美女前往朝聖，當然也是藝能界星探最愛前往挖掘新星的地區，舉凡車站剪票口、Snoopy Town shop前、表參道Gap前、竹下通口等，隨時都有人站崗，深怕錯過任何一顆閃亮的新星，其中當然也有魚目混珠的壞蛋，專門拐人去拍AV，面對自稱星探的人前來搭訕，千萬別興奮過頭，分不清真假好壞！而除了參加正式公開的各項甄選之外，蘿莉G比較推薦經由藝能專門學校，尋求正當途徑一圓星夢的方法。

　　位在竹下通附近的ESP學園區，全名為『專門學校ESPパフォーマンスビレッジ』（ESP Performance Village），是一所培養日本演藝界未來新星的兩年制藝能專門學校，由世界知名的樂器製造集團ESP經由日本政府立案所投資設立，主要分為日夜間部Dance&Voacl科以及聲優（即「影視配音員」）藝人科，授課內容豐富多元，除了主修科目之外，也提供化妝髮型、服裝造型、舞台禮節、藝能生態等多項選修科目，學校方面也會積極推薦校內優秀學生參加大小甄選，像日本時尚摩登女王安室奈美惠就是ESP沖繩姊妹校的優等生代表呢！

　　ESP獨特的校風和原宿地區非常「麻吉」，學園的老師、學生個性十足、男俊女俏，為原宿添色不少！每到11月ESP學園祭登場，不分地區、國籍的外校人都可以來參加，可說是最佳的學生文化大體驗！而任何想加入這個熱鬧學園的人，不限性別、國籍、擁有高中同等學歷的人，透過學校每年10、11月份的募集，以郵寄或者親送的方式，向校方提出入學申請後，經由審查方式核准入學。學費方面大致分為，日間部1年約日幣110萬；夜間部則為66萬，日夜間部均分為上、下學期繳交，入學後，保證兩年間讓同學們天天跳到腿軟、日日唱到嘴裂，真是讓已經跳不動唱沒聲的老骨頭蘿莉G羨慕ㄋㄟ……

ESP學園

ESP學園祭

學校情報：
『專門學校ESPパフォーマンスビレッジ』
住所：150-0001 東京都渋谷区神宮前1-10-34
TEL：03-5772-1281
FAX：03-5772-1283
http://www.harajuku.ac.jp/
e-mail：harajuku@esp.ac.jp

☆ 偶像誕生王國：傑尼斯事務所

　　放眼亞洲娛樂圈，傑尼斯藝人＝人氣＋票房！經營男藝人及偶像團體無往不利的傑尼斯藝能經紀公司，自1962年創立至今造就的國民偶像不勝枚舉！由社長Johnny喜多川一手打造而成的傑尼斯，更是在國際間享有「超級偶像王國」的美譽，溯本究源來看，事務所對於培養新星人獨創的訓練課程，便是傑尼斯傳奇的根本。

偶像課程一 ●『萬中選一制』

　　素人想成為傑尼斯旗下偶像，除了自己毛遂自薦之外，常見粉絲媽、粉絲姊將自己兒子、弟弟的履歷寄到事務所參加徵選，徵選會上，傑尼斯社長喜多川幾乎都會親臨挑選，即使在徵選會上落選，只要社長相中欽點Say「YOU」，仍有敗部復活的機會。當紅KAT-TUN的團柱～赤西仁即是傑尼斯敗部復活的最佳代表。

偶像課程二 ●『媳婦熬成婆』

　　有別於一般經紀公司的是，傑尼斯並沒有設置所謂「收費制偶像補習班」。它栽培旗下藝人堅持媳婦熬成婆的原理，經由公開徵選、內部推薦等多種管道，網羅全日本優質美型男，從小進行全能培訓，這種先挑後訓的透明化機制，亦為傑尼斯明星養成的特色之一。

偶像課程三 ●『雜草精神』

　　基本上除了特例之外，進入公司受訓的小傑尼斯＝Jr.直到正式出道為止，不會配給經紀人、保母車，偶像預備軍趕通告搭電車也就見怪不怪！另外，小傑尼斯於修業中，跟隨前輩登台巡迴、節目錄影、伴舞軋角下，無形中養成幕後企畫製作的專業能力，common sense水準之高，常常令業界人士跌破眼鏡。例如瀧澤秀明尚未正式出道前，率領Jr.在東京巨蛋舉辦的演唱會內容主軸，即是由他親自發想企畫而成。

偶像課程四 ●『累進法』

　　事務所培養小傑尼斯們的專業能力＆超級人氣採取「累進法」。於電視台砸重金開闢專屬節目，提供小傑尼斯們作中學、學中作的機會，並藉由節目的播出，聚集屬於小傑尼斯們的人氣，直到正式出道時伺機引爆。

傑尼斯偶像的廣告隨處可見

偶像課程五 ●『完美包裝行銷主義』

　　傑尼斯傳奇的造就不僅止於培訓計畫，在整體行銷包裝上，也是不遺餘力。舉例來說，傑尼斯大小演唱會均由子公司「演唱會事務局」完全承辦，售票方式一律採家族會員優先制，雖然傑尼斯藝人的演唱會幾乎不開放一般民眾購票，但是傑尼斯家族超過二百萬以上的會員，屢屢造成一票難求的搶票局面，亦為同行業界所望塵莫及的。

偶像課程六 ●『前仆後繼』

　　整體而言，傑尼斯目前正式出道的有：少年隊、SMAP、東京小子(TOKYO)、V6、近畿小子(KinKi Kids)、ARASHI(嵐)、瀧與翼(タッキー＆翼)、NEWS、KAT-TUN、關西傑尼斯8人組(關8)、Hey!Say!JUMP、GOLF&MIKE(泰國人團體)等；已經解散的有光GENJI、澀柿子隊、男鬥呼組、忍者等；而Musical Academy、FIVE、M.A.D.、Ya-Ya-yah、Hey!Say!7、J.J.Express、Kis-My-Ft.2、Question?等，皆屬於尚未正式出道的Jr.團體，所謂的未來偶像預備軍通稱「Johnny's Jr.」。

　　傑尼斯偶像王國的締造基石，奠定於以上所述的六門課程，目前為止，不論日本國內外似乎是無人能出其右，在成功進佔歌唱、電視劇、舞台表演、廣告等市場後，近年來，傑尼斯將其已如鋼鐵般的觸角延伸至日本電影業界，企圖再創偶像王國的事業高峰，非常值得大家拭目以待。

日本的偶像輩出，競爭激烈

※傑尼斯官方網站：日本http://www.johnnys-net.jp/index.html
　　　　　　　　　亞洲台灣http://www.j-asia.net/c/index.html

CHAPTER.II

東京夜店初體驗!!

應援追跡物語★

CHARMING CLUB

到流行聖地，當然要去體會一下夜店的魅力！此刻，Thumb出現在涉谷最IN夜店『HARLEM』的門口，既期待又怕受傷害，縮頭縮腦東張西望，不知道今天晚上能不能結交舞林高手，找到一起勇闖星河的好夥伴！東京夜店初體驗到底什麼滋味？Thumb又將爆出怎樣的火花呢？

Ⅱ-Ⅰ 夜店交友GO！

⚙ 普普風定番会話 ⚙

夜店店員 いらっしゃいませ、今日^{きょう}はダンス系^{けい}のイベントですよ！
i.ra.s.sha.i.ma.se.kyo.o.wa.da.n.su.ke.i.no.i.be.n.to.de.su.yo
歡迎光臨！今天是舞曲系列的特別活動喔！

Thumb あの……幾^{いく}らで入^{はい}れますか？
a.no.o.i.ku.ra.de.ha.i.re.ma.su.ka
請問……入場要多少錢？

夜店店員 2000円^{にせんえん}、1ドリンク^{わん}です！
ni.se.n.e.n.wa.n.do.ri.n.ku.de.su
入場要2000元日幣，附贈一杯飲料！

それと、写真付^{しゃしんつ}きIDを見^みせてください。
so.re.to.sha.shi.n.tsu.ki.a.i.di.i.o.mi.se.te.ku.da.sa.i
那麼，請出示附有照片的證件。

Thumb はい、パスポートでいいですよね
ha.i.pa.su.po.o.to.de.i.i.de.su.yo.ne
好的，護照應該可以吧。

あっそうだ！中^{なか}にロッカーってありますか？
a.s.so.o.da.na.ka.ni.ro.k.ka.a.t.te.a.ri.ma.su.ka
啊！對了！請問裡面有置物櫃嗎？

★ 情報轟炸G

日本全國夜店明文規定，任何人進出皆必須出示附有照片的身分證件，尤其是外國觀光客，一定要記得隨身攜帶護照。還有，日本人泡夜店不習慣隨手拿著包包，所以，夜店裡的置物櫃和台灣大不同，都是高科技的安全防盜設計，最近甚至還出現一種手機號碼記憶置物櫃，把手機當鑰匙！神奇到不行！

利用悠遊卡付費的置物櫃，讓人安心又好用！

夜店店員 ありますよ！階段の右にあります。
a.ri.ma.su.yo.ka.i.da.n.no.mi.gi.ni.a.ri.ma.su
有的！在樓梯的右手邊。

どうぞお入りください！
do.o.zo.o.ha.i.ri.ku.da.sa.i
請進場！

終 於進到『HARLEM』店裡，Thumb先點了夜店必喝冰啤酒，情緒愈來愈high，突然看見三名耀眼型男Shin.1、Kazuya、Shingo迎面走來，Thumb立刻決定上前搭訕，試試今天的交友運氣！

Thumb すみません、缶ビールをお願いします！
su.mi.ma.se.n.ka.n.bi.i.ru.o.o.ne.ga.i.shi.ma.su
不好意思 麻煩給我啤酒！

夜店店員 はい！すぐお持ちいたしますので、少々お待ちください！
ha.i. su.gu.o.mo.chi.i.ta.shi.ma.su.no.de.sho.o.sho.o.o.ma.chi.ku.da.sa.i
是的！馬上為您拿來，請稍候！

Thumb あの〜一緒に飲みませんか?
a.no.o.i.s.sho.ni.no.mi.ma.se.n.ka
請問〜可以跟你們一起喝嗎？

Shin.1
Kazuya
Shingo
いいですね！飲みましょう！
i.i.de.su.ne.no.mi.ma.sho.o
好啊！一起喝吧！

Thumb
この曲 は本当にカッコイイですね。
ko.no.kyo.ku.wa.ho.n.to.o.ni.ka.k.ko.i.i.de.su.ne
這首曲子簡直酷斃了！

僕 大好きです！
bo.ku.da.i.su.ki.de.su
我超愛的！

Kazuya
これはヒップホップだね！行こう、みんなで踊ろう！
ko.re.wa.hi.p.pu.ho.p.pu.da.ne.i.ko.o.mi.n.na.de.o.do.ro.o
這是嘻哈舞曲風耶！走吧，大家一起去跳！

✿ 單字拼盤 ✿

いらっしゃいませ　　歡迎光臨
i.ra.s.sha.i.ma.se

ダンス系（けい）　　舞曲系列
da.n.su.ke.i

イベント　　　　　活　動
i.be.n.to

あの　　　　　　　請　問
a.no

幾（いく）ら　　　　多少錢
i.ku.ra

2000 円（にせん えん）　2000元
ni.se.n.e.n　　　　日幣

ドリンク　　　　　飲　料
do.ri.n.ku

それと　　　　　　另　外
so.re.to

写真付き ID（しゃ しん つ）　照片證件
sha.shi.n.tsu.ki.a.i.di.i

パスポート　　　　護　照
pa.su.po.o.to

あっ!　　　　　　　啊！
a

ロッカー　　　　　置物櫃
ro.k.ka.a

階段（かいだん）　　樓　梯
ka.i.da.n

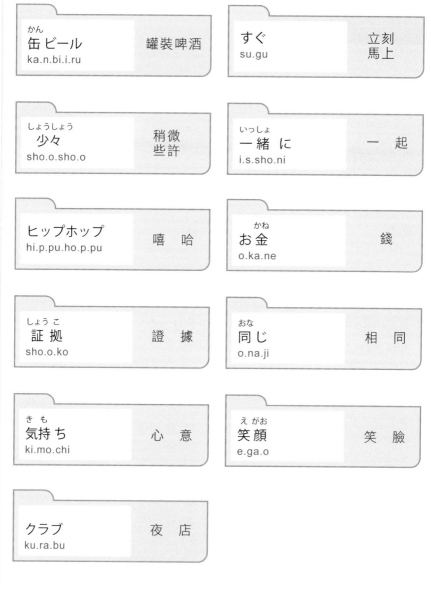

かん 缶ビール ka.n.bi.i.ru	罐裝啤酒
すぐ su.gu	立刻 馬上
しょうしょう 少々 sho.o.sho.o	稍微 些許
いっしょ 一緒に i.s.sho.ni	一起
ヒップホップ hi.p.pu.ho.p.pu	嘻哈
かね お金 o.ka.ne	錢
しょうこ 証拠 sho.o.ko	證據
おな 同じ o.na.ji	相同
き も 気持ち ki.mo.chi	心意
え がお 笑顔 e.ga.o	笑臉
クラブ ku.ra.bu	夜店

SENTENCE

夜店交友 GO — 舞林高手過招 | Come on! Just be a friend | 話 字 句

✿ 必勝！激生完美句型 ✿

▶ 名詞＋を＋見^みせてください

請給……看
顯示、出示

這個句型表示要能讓對方看到的意思，此外，還有將內心狀態、感情表露出來的意思，也是男女朋友吵架時最愛用的句型！

1 証^{しょうこ}拠を見^みせてください。
sho.o.ko.o.mi.se.te.ku.da.sa.i
請出示證據。

2 笑顔^{え がお}を見^みせてください。
e.ga.o.o.mi.se.te.ku.da.sa.i
請展露笑顏。

3 気持^{き も}ちを見^みせてください。
ki.mo.chi.o.mi.se.te.ku.da.sa.i
請拿出誠意。

▶ 名詞＋って＋ありますか？

請指點、告知

這是一個極度口語化的表達方式，較正式的用法為：名詞＋とは＋ありますか？或名詞＋は/が＋ありますか？用於提起某事物作為主題，並詢問有沒有此主題，例如：ロッカーってありますか＝ロッカーとはありますか＝（有沒有置物櫃），一定要記得，這裡的名詞指的是沒有生命跡象的東西喔！

1 お酒^{さけ}ってありますか？
o.sa.ke.t.te.a.ri.ma.su.ka
有沒有酒呢？

2 お<ruby>金<rt>かね</rt></ruby>ってありますか？
o.ka.ne.t.te.a.ri.ma.su.ka
有錢嗎？

3 クラブってありますか？
ku.ra.bu.t.te.a.ri.ma.su.ka
有沒有夜店呢？

◉ すぐ＋(に)　　　　立刻、馬上、距離很近

すぐ的專長就是表示時間或距離很短、很近的意思，偶爾於表現時間時也可以加上一個に，意思完全相同。

1 <ruby>君<rt>きみ</rt></ruby>、すぐ<ruby>来<rt>き</rt></ruby>てください！
ki.mi.su.gu.ki.te.ku.da.sa.i
請你現在馬上過來！

2 クラブはすぐそこです。
ku.ra.bu.wa.su.gu.so.ko.de.su
夜店就在那兒。

3 <ruby>今<rt>いま</rt></ruby>すぐに<ruby>結婚<rt>けっこん</rt></ruby>してください！
i.ma.su.gu.ni.ke.k.ko.n.shi.te.ku.da.sa.i
請立刻跟我結婚！

Ⅱ-Ⅱ 舞林高手過招

Thumb剛在夜店認識了Shin.1、Kazuya、Shingo一掛型男，開心地喝酒勁舞，尤其是三位型男不但一身帥氣行頭，大膽精湛的炫麗舞姿，更是令Thumb羨慕、讚嘆！不禁對他們的舞藝充滿好奇⋯⋯

❀ 普普風定番会話 ❀

Thumb あのDJはマジで選曲がいいですね！
a.no.di.i.je.e.wa.ma.ji.de.se.n.kyo.ku.ga.i.i.de.su.ne
那位DJ的選曲真的很棒！

Shingo 彼は今一番の売れっ子だもん！
ka.re.wa.i.ma.i.chi.ba.n.no.u.re.k.ko.da.mo.n
他是現在最受歡迎的人氣王喔！

Thumb ところで、皆さん服のセンスが良いですね！
to.ko.ro.de.mi.na.sa.n.fu.ku.no.se.n.su.ga.i.i.de.su.ne
話又説回來，各位的服裝品味真好！

普段はなにをしている人ですか？
fu.da.n.wa.na.ni.o.shi.te.i.ru.hi.to.de.su.ka
平常是做什麼的呢？

Shin.1 僕たち皆プロのダンサーです！
bo.ku.ta.chi.mi.n.na.pu.ro.no.da.n.sa.a.de.su
我們都是職業舞者！

僕はSMAPのダンサーをしています。
bo.ku.wa.su.ma.p.pu.no.da.n.sa.a.o.shi.te.i.ma.su
我是SMAP的伴舞。

-----Shin.1-----

擅長Hip Hop、Jazz、Lockin、Poppin、Breakin、House等，並所屬UNBLOQ、Fellow、THUG LIFE團隊。目前從事日本多位知名藝人的編舞指導、伴舞、舞台技術、Show-time表演，專門學校的舞蹈科講師以及大賽審查員等等，活躍於各種領域。曾任SMAP2006夏季全國巡迴演唱DANCER、KAT-TUN2005春季巡迴演唱會舞蹈編排、KinKi Kids Concert舞蹈編排等大型演出活動。

Thumb えっ!!SMAPってあのスーパーアイドルグループのSMAPですか？
凄（すご）すぎます！
e.su.ma.p.pu.t.te.a.no.su.u.pa.a.a.i.do.ru.gu.ru.u.pu.no.su.ma.p.pu.de.su.ka.
su.go.su.gi.ma.su
蝦米！你是說那個超級偶像天團SMAP嗎？太勁爆了！

Ⓢ MAP伴舞?! Thumb心中狂喜大喊，老天！這不正是他要尋找的志同道合好夥伴?! 沒想到馬上幸運遇到三位職業舞者！發誓上京更要舞藝精進的Thumb，立刻請求他們指教一番！

Thumb 僕（ぼく）ももっと踊（おど）れるようになりたいです！
bo.ku.mo.mo.t.to.o.do.re.ru.yo.o.ni.na.ri.ta.i.de.su
我也想讓舞藝精進！

Kazuya 普段（ふだん）僕（ぼく）たちはダンススタジオでレッスンをしているよ！
fu.da.n.bo.ku.ta.chi.wa.da.n.su.su.ta.ji.o.de.re.s.su.n.o.shi.te.i.ru.yo
平常我們都在舞蹈教室教舞喔！

どんなスタイルがやりたいの？
do.n.na.su.ta.i.ru.ga.ya.ri.ta.i.no
你想學哪一種風格呢？

Thumb ヒップホップとかジャズとか……
hi.p.pu.ho.p.pu.to.ka.ja.zu.to.ka
嘻哈Ｙ爵士呀……

とにかく僕 踊るのが 大好きです！
to.ni.ka.ku.bo.ku.o.do.ru.no.ga.da.i.su.ki.de.su
總之我超愛跳舞的！

Shingo じゃあ、練習 みにおいでよ！
ja.a.re.n.shu.u.mi.ni.o.i.de.yo
那麼，來看我們的練習呀！

いつも新 宿 の安田ビルの前で 練 習 しているよ！
i.tsu.mo.shi.n.ju.ku.no.ya.su.da.bi.ru.no.ma.e.de.re.n.shu.u.shi.te.i.ru.yo
我們經常在新宿安田大樓的前面練習喔！

Thumb やった！是非 参加 させてください！
ya.t.ta.ze.hi.sa.n.ka.sa.se.te.ku.da.sa.i
太棒了！請務必讓我參加練習！

★ 情報轟炸G

安田大樓全名為「新宿明治安田生命ホール」，是日本Dancer界中無人不知、無人不曉的一棟建築物。不論職業、業餘，各路舞林高手最愛聚集在新宿安田大樓前練習、互相較勁，可以說這裡是孕育舞界新星的搖籃，想一睹年輕舞者的風采，可以搭乘JR山手線到新宿站下車，經由西口地下道通過新宿車站西口活動廣場後，即可到達。

白天是一般的玻璃帷幕辦公大樓。

晚上許多舞者聚集在此，利用大樓玻璃帷幕練舞。

✿ 單字拼盤 ✿

せんきょく
選曲
se.n.kyo.ku
選曲

いちばん
一番
i.chi.ba.n
最、頂級

う こ
売れっ子
u.re.k.ko
人氣王
暢銷王

センス
se.n.su
品味

ふ だん
普段
fu.da.n
平常

ぼく
僕たち
bo.ku.ta.chi
我們
（多屬男生
自稱）

みんな
皆
mi.n.na
全員
大家

プロ
pu.ro
職業

バックダンサー
ba.k.ku.da.n.sa.a
舞群
伴舞

SMAP
su.ma.p.pu
SMAP
（傑尼斯男偶
像團體）

えっ!
e
ㄟ?!啥?!
蝦米?!（驚
嘆語）

スーパー
su.u.pa.a
超級

アイドル
a.i.do.ru
偶像

グループ
gu.ru.u.pu.

團體

ぼく
僕
bo.ku

我
（多屬男生
自稱）

もっと
mo.t.to

更 加

スタジオ
su.ta.ji.o

練舞室
工作室
攝影棚

レッスン
re.s.su.n

課程
練習

れんしゅう
練 習
re.n.shu.u

練 習

しん じゅく
新 宿
shi.n.ju.ku

新 宿

やす だ
安田ビル
ya.su.da.bi.ru

安田大樓
（建築物
名稱）

ほんとう
本 当に
ho.n.to.o.ni

真 的

やった!
ya.t.ta

太好了!

ぜ ひ
是非
ze.hi

務 必

✿ 必勝！激生完美句型 ✿

◉ ところで　　　　　　話說、且說、可是

　　與前面話題不同而想轉變為其他話題，或者想為現在話題添加關聯性並產生比較時，就可以使用這個句型，類似英語「but」用法，是說話轉場時的金句。

1 今日（きょう）はここまでです。ところで、この前（まえ）の旅行（りょこう）はどうだった？
kyo.o.wa.ko.ko.ma.de.de.su.to.ko.ro.de.ko.no.ma.e.no.ryo.ko.o.wa.do.o.da.t.ta
今天就到這裡為止。對了，之前的旅行好玩嗎？

2 やっと夏休（なつやす）みだね。ところで、この夏休（なつやす）みはどうするの？
ya.t.to.na.tsu.ya.su.mi.da.ne.to.ko.ro.de.ko.no.na.tsu.ya.su.mi.wa.do.o.su.ru.no
終於放暑假啦。可是，這個暑假你想幹嘛呢？

◉ じゃあ　　　　　　　　那麼

　　放在句首，專門用來轉場＝では的口語型態，和英語「well」用法類似，表示轉換新話題的開始。

1 じゃあ、始（はじ）めましょう！
ja.a.ha.ji.me.ma.sho.o
那麼，就開始吧！

SENTENCE

夜店交友 GO ｜ 舞林高手過招 ｜ Come on! Just be a friend ｜ 話 字 句

2 じゃあ、ここで終わりましょう！
ja.a.ko.ko.de.o.wa.ri.ma.sho.o
那，就到這裡結束吧！

3 じゃあ、また明日、さようなら。
ja.a.ma.ta.a.shi.ta.sa.yo.o.na.ra
那，我們明天見，再見。

◉ 場所名詞＋で　　　　　　（表示場所）在

　　で這個格助詞，根據句型的不同所代表的意思也會跟著變化，在這裡則適用於表示所在的場所。

1 私 はクラブで 踊ることが好きです。
wa.ta.shi.wa.ku.ra.bu.de.o.do.ru.ko.to.ga.su.ki.de.su
我喜歡在夜店跳舞。

2 学校で 勉 強しています。
ga.k.ko.o.de.be.n.kyo.o.shi.te.i.ma.su
我在學校讀書。

3 家 でテレビをみます。
i.e.de.te.re.bi.o.mi.ma.su
我在家看電視。

ⅠⅠ-Ⅲ Come on !Just be a friend

（時）髮型男Shin.1、Kazuya、Shingo，各個皆是在藝能界享有嗆辣名聲的舞蹈高手，有緣見到渾身鄉土味、卻又擁有一身真舞功的Thumb，令人興奮、有趣，除了邀他一起練舞之外，還七嘴八舌做起身家調查，讓傻呼呼的Thumb幾乎招架不住……

✿ 普普風定番会話 ✿

Shin.1 君、東京の人じゃないよね？どこから来たの？
ki.mi.to.o.kyo.o.no.hi.to.ja.na.i.yo.ne.do.ko.ka.ra.ki.ta.no
你不是東京人吧？從哪裡來的呢？

Thumb はい、一週間前に兵庫県から来ました。
ha.i.i.s.shu.u.ka.n.ma.e.ni.hyo.o.go.ke.n.ka.ra.ki.ma.shi.ta
是啊，我一個星期前剛從兵庫縣來。

Shin.1 へぇ〜そうなんだ。で、年はいくつなの？
he.e.e.so.o.na.n.da.de.to.shi.wa.i.ku.tsu.na.no
嘿〜是這樣喔。那你幾歲呢？

Thumb 僕は永遠の十八歳です！
bo.ku.wa.e.i.e.n.no.ju.u.ha.s.sa.i.de.su
我是永遠的十八歲！

情報轟炸G

在日本年輕人的心目中，「二十歲」就意味著從此將邁向老人衰道，「十八歲」才是鮮嫩青春的象徵！所以，學會這句說法，不但展現你的幽默，也表示你是活力的年輕人喔！

Kazuya はは！いいっすね！君ってやっぱり面白い！！
ha.ha.i.i.s.su.ne.ki.mi.t.te.ya.p.pa.ri.o.mo.shi.ro.i
哈哈！説得好耶！你果然有趣！！

Shingo じゃあ、どうして東京に出てきたの？
ja.a.do.o.shi.te.to.o.kyo.o.ni.de.te.ki.ta.no
那麼，又是為什麼來到東京呢？

Thumb ビッグスターになるためです！！！
bi.g.gu.su.ta.a.ni.na.ru.ta.me.de.su
為了成為大明星！！！

僕の夢は歌って踊るグループを作ることです。
bo.ku.no.yu.me.wa.u.ta.t.te.o.do.ru.gu.ru.u.pu.o.tsu.ku.ru.ko.do.de.su
我的夢想就是組成一支能歌善舞的團體。

Kazuya マジで？！凄いですね……夢があっていいですね……
ma.ji.de.su.go.i.de.su.ne.yu.me.ga.a.t.te.i.i.de.su.ne
真的假的？！太猛了……有夢想真不賴啊……

正 當大家沉浸於編織美夢，年紀最小的Shingo突然瞄到距離不遠的牆角邊，竟然有個貌似小步的落單「激美女」，這幾位年輕仔二話不説，立刻展開「把妹作戰」衝衝衝！！！

Shingo お姉さん、ひとりですか？
o.ne.e.sa.n.hi.to.ri.de.su.ka
小姐，一個人嗎？

あちらにダンサーの仲間_{なかま}がいるんですけど、よかったら一緒_{いっしょ}に

飲_のみませんか？

a.chi.ra.ni.da.n.sa.a.no.na.ka.ma.ga.i.ru.n.de.su.ke.do.yo.ka.t.ta.ra.
i.s.sho.ni.no.mi.ma.se.n.ka

那裡有我的舞者同伴，如果可以的話要不要跟我們一起喝呢？

美　女　皆_{みんな} 楽_{たの}しそうだね！いいわよ！

mi.n.na.ta.no.shi.so.o.da.ne.i.i.wa.yo

大家看起來都好開心的樣子喔！好啊！

Shingo　本当_{ほんとう}に?！どうぞどうぞ!僕_{ぼく}、Shingoです。よろしく！

ho.n.to.o.ni.do.o.zo.do.o.zo.bo.ku.shi.n.go.de.su.yo.ro.shi.ku

真的嗎？！請、這邊請!我叫Shingo。請多多指教！

さぁ、みんなでこの素敵_{すてき}な出会_{であ}いにかんぱい！！！

sa.a.mi.n.na.de.ko.no.su.te.ki.na.de.a.i.ni.ka.n.pa.i

那麼，大家一起為這場美好的相遇乾杯！！！

Thumb、Shin.1、Kazuya、Shingo、美女　　かんぱい！

ka.n.pa.i

乾杯！

❀ 單字拼盤 ❀

きみ
君 你
ki.mi

ひょうご けん
兵庫県 兵庫縣
hyo.o.go.ke.n

いっしゅうかん
一週間 一星期
i.s.shu.u.ka.n

まえ
前 之 前
ma.e

とし
年 年 齢
to.shi

いくつ 幾 歳
i.ku.tsu

えい えん
永 遠 永 遠
e.i.e.n

じゅう はっ さい
十 八 歳 十八歳
ju.u.ha.s.sa.i

はたち
二十歳 二十歳
ha.ta.chi

やはり(やっぱり) 果 然
ya.ha.ri (ya.p.pa.ri)

おもしろ
面白い 有 趣
o.mo.shi.ro.i

どうして 為什麼
do.o.shi.te

ビッグスター 大明星
bi.g.gu.su.ta.a

日文	羅馬拼音	中文
ため	ta.me	為了
ゆめ 夢	yu.me	夢想
ともだち 友達	to.mo.ta.chi	朋友
けいたい 携帯	ke.i.ta.i	手機
でんわ 電話	de.n.wa	電話
ばんごう 番号	ba.n.go.o	號碼
いえ 家	i.e	家
こんど 今度	ko.n.do	這個 下次
これから	ko.re.ka.ra	從今以後
こうかん 交換	ko.o.ka.n	交換
おど 踊ろう	o.do.ro.o	跳舞吧
もちろん	mo.chi.ro.n	當然
であ 出会い	de.a.i	相遇
かんぱい	ka.n.pa.i	乾杯

⚙ 必勝！激生完美句型 ⚙

▶ 日文裡最麻煩的「時間」說法登場囉！一定要反芻再反芻、反芻再反芻……

◨ 日期／星期

げつ よう び **月 曜日** ge.tsu.yo.o.bi 星期一	か よう び **火 曜日** ka.yo.o.bi 星期二	すい よう び **水 曜日** su.i.yo.o.bi 星期三	もく よう び **木 曜日** mo.ku.yo.o.bi 星期四
きん よう び **金 曜日** ki.n.yo.o.bi 星期五	ど よう び **土 曜日** do.yo.o.bi 星期六	にち よう び **日 曜日** ni.chi.yo.o.bi 星期日	なん よう び **何 曜日** na.n.yo.o.bi 星期幾

◪ 日期／月份

いち がつ **一 月** i.chi.ga.tsu 一月	に がつ **二 月** ni.ga.tsu 二月	さん がつ **三 月** sa.n.ga.tsu 三月	し がつ **四月** shi.ga.tsu 四月
ご がつ **五 月** go.ga.ts 五月	ろく がつ **六 月** ro.ku.ga.tsu 六月	しち がつ **七 月** shi.chi.ga.tsu 七月	はち がつ **八 月** ha.chi.ga.tsu 八月

く がつ
九月
ku.ga.tsu
九月

じゅう がつ
十月
ju.u.ga.tsu
十月

じゅう いち がつ
十一月
ju.u.i.chi.ga.tsu
十一月

じゅう に がつ
十二月
ju.u.ni.ga.tsu
十二月

なん がつ
何月
na.n.ga.tsu
幾月

③ 日期／號（日）

ついたち
一日
tsu.i.ta.chi
一號

ふつか
二日
fu.tsu.ka
二號

みっか
三日
mi.k.ka
三號

よっか
四日
yo.k.ka
四號

いつか
五日
i.tsu.ka
五號

むいか
六日
mu.i.ka
六號

なのか
七日
na.no.ka
七號

ようか
八日
yo.o.ka
八號

ここのか
九日
ko.ko.no.ka
九號

とおか
十日
to.o.ka
十號

じゅう いち にち
十一日
ju.u.i.chi.ni.chi
十一號

じゅうに にち
十二日
ju.u.ni.ni.ch
十二號

じゅうさん にち
十三日
ju.u.sa.n.ni.chi
十三號

じゅう よっか
十四日
ju.u.yo.k.ka
十四號

じゅうご にち
十五日
ju.u.go.ni.chi
十五號

じゅうろく にち
十六日
ju.u.ro.ku.ni.chi
十六號

じゅうしちにち 十 七 日 ju.u.shi.chi.ni.chi 十七號	じゅう はち にち 十 八 日 ju.u.ha.chi.ni.chi 十八號	じゅう く にち 十 九 日 ju.u.ku.ni.chi 十九號	はつ か 二十日 ha.tsu.ka 二十號
に じゅう いち にち 二 十 一 日 ni.ju.u.i.chi.ni.chi 二十一號	に じゅう に にち 二 十 二 日 ni.ju.u.ni.ni.chi 二十二號	に じゅう さん にち 二 十 三 日 ni.ju.u.sa.n.ni.chi 二十三號	に じゅうよっ か 二 十 四 日 ni.ju.u.yo.k.ka 二十四號
にじゅう ご にち 二 十 五 日 ni.ju.u.go.ni.chi 二十五號	にじゅう ろく にち 二 十 六 日 ni.ju.u.ro.ku.ni.chi 二十六號	に じゅうしち にち 二 十 七 日 ni.ju.u.shi.chi.ni.chi 二十七號	にじゅう はちにち 二 十 八 日 ni.ju.u.ha.chi.ni.chi 二十八號
にじゅう く にち 二 十 九 日 ni.ju.u.ku.ni.chi 二十九號	さん じゅう にち 三 十 日 sa.n.ju.u.ni.chi 三十號	さんじゅういち にち 三 十 一 日 sa.n.ju.u.i.chi.ni.hci 三十一號	なん にち 何 日 na.n.ni.chi 幾號

❹ 時間／點鐘

れいじ 零 時 re.i.ji 午夜十二點	いちじ 一 時 i.chi.ji 一點	に じ 二 時 ni.ji 兩點	さん じ 三 時 sa.n.ji 三點
よ じ 四 時 yo.ji 四點	ご じ 五 時 go.ji 五點	ろく じ 六 時 ro.ku.ji 六點	しち じ 七 時 shi.chi.ji 七點

はちじ
八 時
ha.chi.ji
八點

くじ
九 時
ku.ji
九點

じゅうじ
十 時
ju.u.ji
十點

じゅう いちじ
十 一 時
ju.u.i.chi.ji
十一點

じゅう に じ
十 二 時
ju.u.ni.ji
十二點

なん じ
何 時
na.n.ji
幾點

⑤ 時間／分

いっ ぷん
一 分
i.p.pu.n
一分

に ふん
二 分
ni.fu.n
兩分

さん ぷん
三 分
sa.n.pu.n
三分

よん ふん
四 分
yo.n.fu.n
四分

ご ふん
五 分
go.fu.n
五分

ろっ ぷん
六 分
ro.p.pu.n
六分

なな ふん
七 分
na.na.fu.n
七分

はっ ぷん
八 分
ha.p.pu.n
八分

きゅう ふん
九 分
kyu.u.fu.n
九分

じゅう ぷん／じっ ぷん
十 分／十 分
ju.p.pu.n / ji.p.pu.n
十分

じゅうに ふん
十 二 分
ju.u.ni.fu.n
十二分

に じゅっぷん／に じっぷん
二 十 分／二 十 分
ni.ju.p.pu.n / ni.ji.p.pu.n
二十分

さんじゅっ ぷん／さんじっ ぷん
三 十 分／三 十 分
sa.n.ju.p.pu.n/sa.n.ji.p.pu.n
三十分

なん ぷん
何 分
na.n.pu.n
幾分

II-IV 特典一
G&A發騷珍格言の巻☆彡

蘿莉G：

真羨慕！居然還跑去夜店玩！音樂又酷、帥哥又多……（涎）最重要的，還是夜店裡的艷遇最吸引人！每次在夜店裡，都被台上那些舞者們的酷炫舞姿給迷得團團轉，真覺得我們是不同種的生物！到底該要如何才能在夜店裡和舞者交朋友呢？

ATSUO：

嗯~主動搭訕、誠懇地說出自己對舞蹈的感覺……應該不會錯。當然，也要多說一些讚美的話，譬如：超カッコイイ！(超帥)、めちゃくちゃイケテル(爆有型)、すごいステキ！(絕佳有個性)等等，總之，積極表示善意準沒錯！話又說回來，你喜歡什麼樣的夜店呢？

蘿莉G：

喔~形形色色的夜店常常令我眼花撩亂，我最哈Dancer系、HipHop系的涉谷派啦！

ATSUO：

日本夜店依據地點的不同，客層也不一樣。像青山附近的夜店就非常時尚、渋谷則是屬於HipHop系，那六本木就是外國人的天下！你喜歡的渋谷派有HARLEM、Vuenos、Asia……這些都是各路舞者好手聚集的夜店！
而我應該屬於青山派，主要以都會時尚流行男女、藝能界人士為主，每次去那裡的夜店，總讓人不禁有所期待呢！

渋谷派的Vuenos、Asia夜店

蘿莉G：
聽說青山地區的夜店，大部分都是商店店員或沙龍的美容師嗎？

ATSUO：
還有化妝髮型師、造型師、設計師等玩創意的人！如果想要琢磨一下自己的
品味，去一趟青山的夜店，保證讓你大開眼界！

蘿莉G：
對了，一般外國人到日本，該如何分辨CLUB、PUB、BAR的不同呢？

ATSUO：
其實CLUB在日本就是以前的Disco，以跳舞為主。通常會有DJ安排播放各
式舞曲，也是一般人通稱的「夜店」。那麼以純喝酒為目的就叫BAR；特別
不同的是，日本的「PUB」，一般都會有所謂的小姐陪酒，和台灣大家熟悉
的PUB截然不同呢！

蘿莉G：
這也差太遠了吧？
幸好有你這個日本通朋友，要不然走錯間可就糟啦！
總而言之，想要交朋友就得選對場所、積極向前衝，就對了啦！

II-V 特典二
夜店一番研究所：激報！偶像的夜店蹤跡

☆ 偶像現身夜店密報

店家情報：「CLUB HARLEM」
　　　　　住所：東京都渋谷区円山町2-4 Dr.Jeekahn's 2F 3F
　　　　　TEL：03-3461-8806
　　　　　http://www.harlem.co.jp/

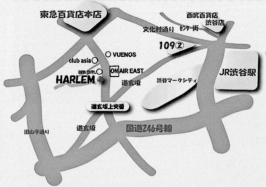

愈夜愈美麗的HARLEM

　　「CLUB HARLEM」是涉谷最IN的夜店，充滿NY PARTY STYLE、繽紛熱鬧！店內為可容納1000人的摩登空間，是日本年輕人的最愛。尤其堪稱日本最高峰的DJ群實力磅礡，來自全國各地的舞蹈好手齊聚一堂，狂飆競舞。運氣好的話，還可以遇上三不五時來湊熱鬧的東西洋藝能巨星，蘿莉G就曾經在這裡巧遇素有熟女殺手之稱的押尾學，當場被他英挺帥勁兒給電暈！（羞）

店家情報：fai-aoyama
　　　　　　住所：東京都港区南青山5-10-1八品館ビルB1F/B2F
　　　　　　TEL：03-3486-4910　　FAX：03-3486-4928
　　　　　　http://www.fai-aoyama.com/

深受流行界人士喜愛的
fai-aoyama

　　甫於2007夏末熱鬧迎接十週年紀念的東京・青山夜店老舖「fai-aoyama」，超前衛的空間設計、臨場感十足的硬體設備、再加上豪華DJ陣容，自開幕以來立即受到流行業界人士的青睞愛用，亦是東京流行情報交流的人氣重鎮之一，哈日族耳熟能詳的新生代搖滾皇后──土屋安娜、個性團體──決明子、雙棲小生──武田真治，以及大沢伸一、小西康陽等日本音樂界菁英龍頭，皆是「fai-aoyama」忠實老主顧。

☆ 夜店禮儀必知

報爆一◉附有照片的證件千萬要隨身攜帶！護照馬ㄟ通噢～

報爆二◉包包越小越好，身外之物盡量減少。

報爆三◉大包包可以考慮寄在車站的置物櫃裡，因為夜店裡的置物櫃通常
都是滿滿滿……

報爆四◉現金主義至上！所有東京的夜店幾乎皆無法刷卡，絕對注意！

報爆五◉禁止外帶食物、飲料入場！通常在門口就會被沒收啦！

報爆六◉請懷著參加Party的心情+充滿高尚流行品味的性感裝扮。如果穿
著過於低俗裸露，會讓日本型仔倒彈八千里咧！當然，穿拖鞋、
海灘鞋也禁止進場！

報爆七◉吃飯等人生大事請在入場前完成！因為東京夜店是不賣正式餐點
的喔！

報爆八◉身上的香水、古龍水請適量，禁止狂灌！

報爆九◉基於維護安全為由，非日本國籍的人士，必須一男搭一女，成雙
成對才能獲准入場。

報爆十◉盡情狂舞Have a party time ♪

日本夜店各具特色，跟著UNBLOQ熱唱狂
High就對了！

CHAPTER.III
型龍著身變
造沙密

!!

VOGUE SALON

Thumb和東京舞者Shin.1、Kazuya、Shingo因舞蹈而結為好友，舉凡藝能、時尚、生活、流行話題無所不談，Thumb還趁機向三位前輩討教成為時髦型男的訣竅，大家一致推薦他去大明星御用造型沙龍「SASHU」找超級偶像剪刀手——Ryotaro。哪知道，好不容易預約了時間，Thumb卻搞錯店家、搭錯車，大亂造型沙龍鬧笑話，不但折騰半天，又在藥妝店買物出包……

III-1 搭電車尋找大明星 御用沙龍

✿ 普普風定番会話 ✿

Thumb あの〜、Ryotaroさんに二時(にじ)の予約(よやく)をお願(ねが)いしたんですが……
a.no.o.ryo.ta.ro.sa.n.ni.ni.ji.no.yo.ya.ku.o.o.ne.ga.i.shi.ta.n.de.su.ga
那個〜我跟Ryotaro預約兩點鐘……

情報轟炸G

偶像御用造型師Ryotaro，果然也要很有型！

★高橋亮太朗★

屬於日本知名造型沙龍SASHU，師承天才造型大師渡邊SABUROU，也是亞洲超級人氣偶像團體w-inds.出道至今的專屬化妝、髮型造型師，曾於2005年Live Tour「ageha」in Taipei隨w-inds.來台。

沙龍店員 失礼(しつれい)ですが、Ryotaroはこちら六本木店(ろっぽんぎてん)ではなく原宿店(はらじゅくてん)におりますが……
shi.tsu.re.i.de.su.ga.ryo.ta.ro.wa.ko.chi.ra.ro.p.po.n.gi.te.n.de.
wa.na.ku.ha.ra.ju.ku.te.n.ni.o.ri.ma.su.ga
恕我冒昧，Ryotaro不是在六本木分店，而是在原宿店……

Thumb え〜ショック!ここから原宿店(はらじゅくてん)まで、どうやって行(い)けばいいですか?
e.e.sho.k.ku.ko.ko.ka.ra.ha.ra.ju.ku.te.n.ma.de.do.o.ya.t.te.i.ke.ba.i.i.de.su.ka
啥〜SHOCK!從這裡到原宿店要怎麼去啊?

沙龍店員 地下鉄 日比谷線 で恵比寿 まで 行って、JR山 手線 に 乗り換えます。
chi.ka.te.tsu.hi.bi.ya.se.n.de.e.bi.su.ma.de.i.t.te.je.e.a.a.ru.ya.ma.no.te.se.n.ni.no.ri.ka.e.ma.su
搭乘地下鐵日比谷線到惠比壽再轉搭JR山手線。

そこから原 宿 までは二 駅 で、１０ 分 くらいです。
so.ko.ka.ra.ha.ra.ju.ku.ma.de.wa.fu.ta.e.ki.de.ju.p.pu.n.ku.ra.i.de.su
從那裡到原宿是兩站，大約十分鐘左右。

お店 は竹 下 通りの真ん中くらいにありますよ。
o.mi.se.wa.ta.ke.shi.ta.to.o.ri.no.ma.n.na.ka.ku.ra.i.ni.a.ri.ma.su.yo
原宿店就在竹下通大約中段的部分。

Thumb なるほど！ご親 切 にありがとうございました。
na.ru.ho.do.go.shi.n.se.tsu.ni.a.ri.ga.to.o.go.za.i.ma.shi.ta
原來如此！感謝，您人真親切。

好 不容易預約到造型大師，居然還發生跑錯店的大烏龍！Thumb慌慌張張連滾帶跑再度搭上電車。唉！變身型男之路還真是崎嶇坎坷。

電車內 廣播 次 は恵比寿、恵比寿 です。お出口 は右 側 です。
tsu.gi.wa.e.bi.su.e.bi.su.de.su.o.de.gu.chi.wa.mi.gi.ga.wa.de.su
下一站是惠比壽、惠比壽。下車出口在右側。

JRをご利用 のお客 様 は、こちらでお乗り換えください。
je.e.a.a.ru.o.go.ri.yo.o.no.o.kya.ku.sa.ma.wa.ko.chi.ra.de.o.no.ri.ka.e.ku.da.sa.i
利用JR鐵道的乘客，請在這站換車。

快速進擊物語 ★

日本電車進站時，車掌必報的制式廣播。除了提醒即將停靠站名之餘，還告訴乘客由哪一邊的門下車，超貼心！順便再補強單字——左側（ひだりがわ）學會後，保證旅遊日本搭電車時，再也不會等錯下車門囉！

Thumb
着いた! でも、JR の切符売り場はどこだろう?
tsu.i.ta.de.mo.je.e.a.a.ru.no.ki.p.pu.u.ri.ba.wa.do.ko.da.ro.o
到了！但是，JR的售票區在哪裡啊？

山手線は何番ホームかな?
ya.ma.no.te.se.n.wa.na.n.ba.n.ho.o.mu.ka.na
山手線在幾號月台呢？

あった!なんだ～駅の案内をみて探せば簡単じゃん!
a.t.ta.na.n.da.e.ki.no.a.n.na.i.o.mi.te.sa.ga.se.ba.ka.n.ta.n.ja.n
有了！什麼嘛～依循車站看板指示找起來很簡單嘛！

車站廣播 まもなく新宿 、渋谷方面行きがまいります。
ma.mo.na.ku.shi.n.ju.ku.shi.bu.ya.ho.o.me.n.yu.ki.ga.ma.i.ri.ma.su
往新宿渋谷方面的電車即將進站。

黄色い線の内側まで下がってお待ちください。
ki.i.ro.i.se.n.no.u.chi.ga.wa.ma.de.sa.ga.t.te.o.ma.chi.ku.da.sa.i
請退後到黃色線內側等待。

Thumb
よ～し!電車が来た!今度こそ間違いないぞ!
yo.o.shi.de.n.sha.ga.ki.ta.ko.n.do.ko.so.ma.chi.ga.i.na.i.zo
好へ！電車來了！這回準沒錯囉！

✿ 單字拼盤 ✿

よやく
予約　　　　　預　約
yo.ya.ku

ショック　　　衝　擊
sho.k.ku

から　　　　　從……
ka.ra　　　　開始

まで　　　　　為　止
ma.de

どう　　　　　如　何
do.o

い
行く　　　　　去
i.ku

はや
早い　　　　　快
ha.ya.i

ちかてつ
地下鉄　　　地下鐵
chi.ka.te.tsu

ひびやせん
日比谷線　　日比谷線
hi.bi.ya.se.n

えびす
恵比寿　　　恵比壽
e.bi.su

やまのてせん
山手線　　　山手線
ya.ma.no.te.se.n

のか
乗り換え　　換　車
no.ri.ka.e

くらい　　　　差不多
ku.ra.i

日文	拼音	中文
なるほど na.ru.ho.do		原來如此
なんばん 何番 na.n.ba.n		幾 號
ホーム ho.o.mu		月 台
きっぷ 切符 ki.p.pu		票、券
う ば 売り場 u.ri.ba		賣 場
どこ do.ko		哪 裡
しんじゅく 新宿 shi.n.ju.ku		新 宿
ほうめん 方面 ho.o.me.n		方 面
き いろ せん 黄色い線 ki.i.ro.i.se.n		黃 線
うちがわ 内側 u.chi.ga.wa		內 側
でんしゃ 電車 de.n.sha		電 車
こんど 今度 ko.n.do		這一次
こそ ko.so		也
まちが 間違い ma.chi.ga.i		錯 誤

❀ 必勝！激生完美句型 ❀

▶ 名詞＋から＋名詞＋まで　　　　從……到……

　　這個句型專門用來表示距離、時間，或起點和終點的範圍。新宿から原宿までは160円です（從新宿到原宿要160円）；7日から10日まで休みます（從七號到十號休息）。

1 新宿 から 原宿 までは 十 分です。
shi.n.ju.ku.ka.ra.ha.ra.ju.ku.ma.de.wa.ju.p.pu.n.de.su
新宿到原宿要十分鐘。

2 子供 から 大人 まで 遊 べます。
ko.do.mo.ka.ra.o.to.na.ma.de.a.so.be.ma.su
從小孩到大人都可以玩。

3 最初 から 最後 まで 頑張 ります。
sa.i.sho.ka.ra.sa.i.go.ma.de.ga.n.ba.ri.ma.su
自始至終都會努力。

▶ 數量詞＋くらい　　　　……約、左右、大概

　　表示大致的時間或數量（概量）。這是個口語性很強的句型！只要學會靈活運用，你也可以成為日文口語達人喔！

1 5分くらい。
go.fu.n.ku.ra.i
大約五分鐘。

❷ 一時間くらい。
<ruby>一時間<rt>いちじ かん</rt></ruby>
i.chi.ji.ka.n.ku.ra.i
大約一個鐘頭。

▶ ……＋ぞ　　喲、喂、啊、啦、呀……語氣詞

　　這個特別的句型稱為「終助詞表現法」，具有加強語氣的作用，通常用在欲將自己的意見強行通知、知會，或是自言自語、心裡有疑問、感覺事有蹊蹺……時可以使用。基本上是男性上對下或平輩間使用的句型，亦是現在較不注重禮法的新型日本男女愛用的句法！記得邊說還要邊瞪大眼，才能表現句子的氣勢喔！

❶ <ruby>危<rt>あぶ</rt></ruby>ないぞ！
a.bu.na.i.zo
危險喲！

❷ <ruby>今日<rt>きょう</rt></ruby>は<ruby>負<rt>ま</rt></ruby>けないぞ！
kyo.o.wa.ma.ke.na.i.zo
今天可不會輸的！

❸ よし！<ruby>頑張<rt>がんば</rt></ruby>るぞ！
yo.shi.ga.n.ba.ru.zo
好！加油嘍！

Ⅲ-Ⅱ 偶像變身激改造

🔅 闖半天的Thumb終於找到傳說中明星御用沙龍「SASHU原宿店」，晉見超偶像剪刀手Ryotaro，但卻已經超過原來電話預約好的時間，會不會因此錯失良機哩？

❀ 普普風定番会話 ❀

Thumb すみません、予約の時間に遅れましたが……平気ですか？
su.mi.ma.se.n.yo.ya.ku.no.ji.ka.n.ni.o.ku.re.ma.shi.ta.ga.he.i.ki.de.su.ka
抱歉，我比原本預約的時間晚到了……有沒有關係呢？

Ryotaro 後ほど　承　りますので、待合室にてもう少しお待ちくださいませ。
no.chi.ho.do.u.ke.ta.ma.wa.ri.ma.su.no.de.ma.chi.a.i.shi.tsu.ni.te.mo.o.su.ko.shi.o.ma.chi.ku.da.sa.i.ma.se
稍後將立刻為您服務，請您在等候室再稍待一下。

今日はいかがなさいますか？
kyo.o.wa.i.ka.ga.na.sa.i.ma.su.ka
今天到這兒想剪什麼款型呢？

Thumb 流行のスタイルにしてください！
ryu.u.ko.o.no.su.ta.i.ru.ni.shi.te.ku.da.sa.i
請幫我弄一個時髦的髮型！

おまかせでお願いしたいんで、必要ならカット、パーマ、
カラーも、全部お願いします！
o.ma.ka.se.de.o.ne.ga.i.shi.ta.i.n.de.hi.tsu.yo.o.na.ra.ka.t.to.pa.a.ma.ka.ra.a.mo.ze.n.bu.o.ne.ga.i.shi.ma.su
想完全交給你處理，只要有需要，無論剪、燙、染全部麻煩你了！

Ryotaro 分かりました！！ちなみに芸能人だったら 誰みたいなイメージ？
wa.ka.ri.ma.shi.ta.chi.na.mi.ni.ge.i.no.o.ji.n.da.t.ta.ra.da.re.mi.ta.i.na.i.me.e.ji
了解！舉藝人為例，譬如像誰呢？

Thumb モテ男の玉木宏みたいになりたいです！
me.te.o.to.ko.no.ta.ma.ki.hi.ro.shi.ni.na.ri.ta.i.de.su
我想剪像人氣男玉木宏那樣的髮型！

Ryotaro は、は、はい！かしこまりました！(汗)
ha.ha.ha.i.ka.shi.ko.ma.ri.ma.shi.ta
ア、ア、是！遵命！(汗)

が……ちょっと無理があるかもね……
ga.cho.t.to.mu.ri.ga.a.ru.ka.mo.ne
但……似乎有點勉強哩……

Thumb ん？？？では、イケメンへ変身第一歩、よろしく頼みますね。
n.de.wa.i.ke.me.n.e.he.n.shi.n.da.i.i.p.po.yo.ro.shi.ku.ta.no.mi.ma.su.ne
嗯？？？那麼，變身型男第一歩，一切拜託囉。

（經）過魔髮師Ryotaro威力全開、大顯神通下，Thumb終於有了型男的味道，
果然偶像御用的造型師，的確不同凡響啊！

Thumb ワーオ！ありがとうございます！すごく気に入りました！
wa.a.o.a.ri.ga.to.o.go.za.i.ma.su.su.go.ku.ki.ni.i.ri.ma.shi.ta
哇噢！感謝你！我非常喜歡！

セットのコツを教えてください。
se.t.to.no.ko.tsu.o.o.shi.e.te.ku.da.sa.i
請教我整理頭髮的秘訣。

Ryotaro ブローしてからワックスをつけると 無造作 スタイルに仕上がるよ！
bo.ro.o.shi.te.ka.ra.wa.k.ku.su.o.tsu.ke.ru.to.mu.zo.o.sa.su.ta.i.ru.ni.shi.a.ga.ru.yo
頭髮吹整後抹上髮臘輕撥就能夠自然有型喔！

ワックスを買うなら、近くのドラックストアーがおすすめですね。
wa.k.ku.su.o.ka.u.na.ra.chi.ka.ku.no.do.ra.k.ku.su.to.a.a.ga.o.su.su.me.de.su.ne
想買髮臘的話，推薦您到附近的薬妝店買囉。

Thumb 本当？早速行ってみよう！今日はこの頭がお世話になりました。
ho.n.to.o.sa.s.so.ku.i.t.te.mi.yo.o.kyo.o.wa.ko.no.a.ta.ma.ga.o.se.wa.
ni.na.ri.ma.shi.ta
真的嗎？趕緊來去瞧瞧！今天這顆頭有勞您照顧了。

✿ 單字拼盤 ✿

へいき
平気
he.i.ki
介意
在意

のち
後ほど
no.chi.ho.do
稍後

うけたまわ
承ります
u.ke.ta.ma.wa.ri.ma.su
使…服務

まち あい しつ
待合室
ma.chi.a.i.shi.tsu
等候室

スタイル
su.ta.i.ru
型

カット
ka.t.to
剪髮

パーマ
pa.a.ma
燙髮

カラー
ka.ra.a
染髮

ひつ よう
必要
hi.tsu.yo.o
需要
必要

だけ
da.ke
僅、只

おまかせ
o.ma.ka.se
託付
交辦

ちなみに
chi.na.mi.ni
話説

みたい
mi.ta.i
像

イメージ
i.me.e.ji
形　象

モテ男
おとこ
mo.te.o.to.ko
人氣男

玉木宏
たまき ひろし
ta.ma.ki.hi.ro.shi
玉木宏（日劇「交響情人夢」男主角）

かしこまりました
ka.shi.ko.ma.ri.ma.shi.ta
遵　命

無理
むり
mu.ri
勉　強

気に入りました
き　い
ki.ni.i.ri.ma.shi.ta
滿　意

セット
se.t.to
造型整理

コツ
ko.tsu
秘　訣

ブロー
bo.ro.o
吹　整

ワックス
wa.k.ku.su
髮　臘

無造作
む ぞう さ
mu.zo.o.sa
自然有型

仕上がる
し あ
shi.a.ga.ru
完　成

ドラックストアー
do.ra.k.ku.su.to.a.a
藥妝店

行ってみよう
い
i.t.te.mi.yo.o
去瞧瞧

❀ 必勝！激生完美句型 ❀

▶ すこもう＋少し　　　不久、就要、差一點

講這個句型時絕對要加上一點皺眉心、瞇瞇眼的表情，才能充分表示真的就是那麼一小點兒、一些些……想要唯妙唯肖地模仿日本酷哥漾妹講一口《ㄨˇㄉㄩ《ㄨˇㄉㄩ的新新人類日語，將擠眉弄眼的功力提升到出神入化的境界，可是入門第一必修課程呢！

1 もう少しください。
mo.o.su.ko.shi.ku.da.sa.i
請再給我一點兒。

2 もう少し欲しい。
mo.o.su.ko.shi.ho.shi.i
想再要一點兒。

3 もう少し頑張る。
mo.o.su.ko.shi.ga.n.ba.ru
再加油一下。

▶ ……かも　　　　可能、也許、沒個準兒

かも＝かもしれない，表示「或許有這個可能性」，和英文「maybe」的用法類似。日本人日常會話中，十之八九都避長就短，「かもね」、「かもよ」等形式也很常見，當說話的人為了委婉表達意見、避免太武斷，或說話不想負責任時，就可以使用這個句型喔！

1 嫌いかもよ。
ki.ra.i.ka.mo.yo
也許討厭ㄛ。

2 そうかもね。
so.o.ka.mo.ne
或許吧。

3 いいかも！
i.i.ka.mo
不賴嘛！

◉ 目標(人、事、物)＋に／へ　　想要成為……目標

　　這個句型主要表示想要達到某個既定的目標，例如：イケメンに変身したいんです(想要變身為型男)。另外只要在句型的最後面加上が……即可表達説話者心裡想要達成的目標，以及請求對方回答、徵求對方意見的意思，例如：歌手になりたいんですが……(我想成為歌手耶......)，表示詢問對方意見。

1 プロへ <ruby>転向<rt>てんこう</rt></ruby> したいんです。
po.ro.e.te.n.ko.o.shi.ta.i.n.de.su
我想轉為職業選手。

2 <ruby>歌手<rt>かしゅ</rt></ruby> になりたいんですが……
ka.shu.ni.na.ri.ta.i.n.de.su.ga
我想成為歌手耶……

3 セレブへ <ruby>変身<rt>へんしん</rt></ruby> しますが、<ruby>何<rt>なに</rt></ruby> か？
se.re.bu.e.he.n.shi.n.shi.ma.su.ga.na.ni.ka
我想變身名媛貴婦，有意見嗎？

11-11 自己TRY藥妝

既然造型高人Ryotaro欽點買貨，Thumb立刻前往流行藥妝小物見學……

✿ 普普風定番会話 ✿

Thumb
ツバキとアジエンスは、どっちが 髪 に良いですか？
tsu.ba.ki.to.a.ji.e.n.su.wa.do.c.chi.ga.ka.mi.ni.yo.i.de.su.ka
「椿」洗髮精和ASIENCE洗髮精，哪一種對頭髮比較好？

薬妝店員
人 それぞれですが、私 にとってアジエンスの方 が 合っている
気 がします。
hi.to.so.re.zo.re.de.su.ga. wa.ta.shi.ni.to.tte.a.ji.e.n.su.no.ho.o.ga.a.tte.i.
ru.ki.ga.shi.ma.su
每個人反應不同，對我來說，用ASIENCE洗髮精比較適合囉！

ヘアートリートメントなら、資生 堂 のが 使いやすいですよ！
he.a.a.to.ri.i.to.me.n.to.na.ra. shi.se.i.do.o.no.ga.tsu.ka.i.ya.su.i.de.
su.yo
如果是護髮產品的話，資生堂的很好用喔！

Thumb
サンプルはもらえますか？
sa.n.pu.ru.wa.mo.ra.e.ma.su.ka
可以拿試用品嗎？

薬妝店員
多分、まだあるだろうと 思 います…… 探 してみますね。
ta.bu.n.ma.da.a.ru.da.ro.o.to.o.mo.i.ma.su.sa.ga.shi.te.mi.ma.su.ne
應該還有庫存吧……我這就去找找看噢。

Ⓣhumb　拿了免費試用包，心情就像店內放送的店頭主題曲，令人輕鬆愉快，繼續血拚……

主題曲放送　今日もマツモトキヨシでお買い物〜♪明日もマツモトキヨ

シでお買い物〜♪マツモトキヨシ！

kyo.o.mo.ma.tsu.mo.to.ki.yo.shi.de.o.ka.i.mo.no.a.shi.ta.mo.ma.tsu.mo.to.ki.
yo.shi.de.o.ka.i.mo.no.ma.tsu.mo.to.ki.yo.shi

今天又要到MATSUMOTOKIYOSHI採購〜明天依然要到
MATSUMOTOKIYOSHI繼續血拚〜歡迎光臨薬妝王國
MATSUMOTOKIYOSHI！

MATSUMOTOKIYOSHI是日本有名的連鎖藥妝店。

除了藥妝品項豐富，還常有各種特價、折扣商品！

Thumb　あった！Ryotaroさんが先使ってたワックスはこれだ！

a.t.ta.ryo.ta.ro.sa.n.ga.sa.ki.tsu.ka.t.te.ta.wa.k.ku.su.wa.ko.re.da

找到了！Ryotaro剛才就是用這款髮臘！

だけど、値段がちょっと高いな……どうしよう……

da.ke.do.ne.da.n.ga.cho.t.to.ta.ka.i.na.do.o.shi.yo.o

可是，價錢有點貴耶……傷腦筋……

あの〜すみません、もっと安いのはありませんか？

a.no.o.su.mi.ma.se.n.mo.t.to.ya.su.i.no.wa.a.ri.ma.se.n.ka

呃〜請問，有沒有比這個更便宜的？

薬妝店員 この手の 商品なら、値段は略 同じくらいですが……
ko.no.te.no.sho.o.hi.n.na.ra.ne.da.n.wa.ho.bo.o.n.na.ji.ku.ra.i.de.su.ga
這類商品的話，價位大約都差不多……

こちらのが 一番売れていますよ。
ko.chi.ra.no.ga.i.chi.ba.n.u.re.te.i.ma.su.yo
您手上這瓶是最暢銷的喔。

Thumb 香 料アレルギーなんですが 平気 ですか？
ko.o.ryo.o.a.re.ru.gi.i.na.n.de.su.ga.he.i.ki.de.su.ka
我對香料過敏，沒關係嗎？

薬妝店員 テストしてあるんで 平気 です！
te.su.to.shi.te.a.ru.n.de.he.i.ki.de.su
檢驗證明沒問題！

Thumb よし！決めた！これにしますので、会 計をお願いします。
yo.shi.ki.me.ta.ko.re.ni.shi.ma.su.no.de.ka.i.ke.i.o.o.ne.ga.i.shi.ma.su
好！決定了！我要買這個，麻煩結帳。

薬妝店員 はい！レジはあちらです、どうぞ。
ha.i.re.ji.wa.a.chi.ra.de.su.do.o.zo
謝謝您！收銀台在那一邊，請。

✿ 單字拼盤 ✿

ツバキ
tsu.ba.ki
椿
（洗髮精商品名）

アジエンス
a.ji.e.n.su
ASIENCE
（洗髮精商品名）

かみ
髪
ka.mi
頭 髪

それぞれ
so.re.zo.re
各個
各自

わたし
私
wa.ta.shi
我

ヘアー
トリートメント
he.a.a.to.ri.i.to.me.n.to
護髮劑

つか
使いやすい
tsu.ka.i.ya.su.i
好 用

し せいどう
資生堂
shi.se.i.do.o
資生堂

サンプル
sa.n.pu.ru
樣 品

た ぶん
多分
ta.bu.n
可能
大概

まだ
ma.da
尚 未

マツモトキヨシ
ma.tsu.mo.to.ki.yo.shi
MATSUMOTO
KIYOSHI
（日本大型藥妝連鎖店）

か もの
買い物
ka.i.mo.no
購 物

あした
明日
a.shi.ta
明 天

さき
先
sa.ki
剛 才

ね だん
値段
ne.da.n
價格
價位

たか
高い
ta.ka.i
貴

やす
安い
ya.su.i
便 宜

しょう ひん
商品
sho.o.hi.n
商 品

ほぼ
略
ho.bo
大 約

アレルギー
a.re.ru.gi.i
過 敏

へい き
平気
he.i.ki
介 意

テスト
te.su.to
檢 驗

レジ
re.ji
收 銀 台

どうぞ
do.o.zo
請

ふ か のう
不可能
fu.ka.no.o
不 可 能

かんたん
簡単
ka.n.ta.n
簡 單

✿ 必勝！激生完美句型 ✿

◉ 名詞にとって……　　　　對於……來說

通常接在表示人或組織的名詞後面，表示「就其立場而言」，後接表示可能、不可能，或表示評價的詞句，例如：私にとっていいです（對我而言是好的），言談間如欲強調自我主張、表達立場與看法，敬請指名愛用哩！

1 彼 にとって 不可 能 です。
ka.re.ni.to.t.te.fu.ka.no.o.de.su
對他而言是不可能的。

2 私 にとって 簡 単 です。
wa.ta.shi.ni.to.t.te.ka.n.ta.n.de.su
對我而言是簡單的。

3 会 社 にとってとても 便 利 です。
ka.i.sha.ni.to.t.te.to.te.mo.be.n.ri.de.su
對公司來說非常方便。

◉ たぶん……だろう　　　　大概、也許……吧

又是一個口語性很強的句型！通常用來表示說話者的推測，所推測的可能性大約70%~80%，有點不敢完全保證的意味。

1 たぶん大 丈 夫 だろう。
ta.bu.n.da.i.jo.o.bu.da.ro.o
大概沒問題吧。

2 たぶん 来<small>こ</small>ないだろう。
ta.bu.n.ko.na.i.da.ro.o
也許不會來吧。

3 たぶん 行<small>い</small>くだろう。
ta.bu.n.i.ku.da.ro.o
大概會去吧。

⏵ 名詞+なら　……的話、就……方面説

なら直接接在名詞後面，可以用來表示主題，通常是用於把對方所説的事情，當作話題提出來時，有時也可以用ならば的形式。另外，如要就現場狀況討論時，所預測的事為話題提出時，也相當適用這個句型喔！

1 お金<small>かね</small>のことなら心配<small>しんぱい</small>しなくていいのよ。
o.ka.ne.no.ko.to.na.ra.shi.n.pa.i.shi.na.ku.te.i.i.no.yo
錢的事你用不著操心。

2 歌手<small>かしゅ</small>ならMISIAが 好<small>す</small>きです。
ka.shu.na.ra.mi.i.sha.ga.su.ki.de.su
就歌手來説我喜歡米希亞。

3 音楽<small>おんがく</small>なら何<small>なん</small>でも 聴<small>き</small>きます。
o.n.ga.ku.na.ra.na.n.de.mo.ki.ki.ma.su
只要是音樂全都聽。

Ⅲ-Ⅳ 特典一

G&A發騷珍格言の巻☆彡

ATSUO：

哇塞~造型沙龍耶！想到剛開始去沙龍的時候，真的超緊張！店裡的人看起來都好時髦，每一位造型師都具有獨樹一幟的風範，完全是永遠跑在流行先端的時尚達人。還記得第一次在「SASHU」遇到Ryotaro，我還一邊心臟抽筋、一邊口吃地向他指定：『啊~那個~這個~ㄅ~ㄣ~俺~想要剪成~ㄅ~ㄟ~ㄧ~ㄅ~貝克漢！』

日本沙龍外觀時尚，可想見裡面的造型師
也一定獨具品味。

蘿莉G：

（噗哧~）根本是強人所難嘛！而且遠古貝克漢頭早遜掉啦！
我聽造型之神的Satolu說，前陣子男孩子流行出門時，只在頭上抹點髮臘，順手抓出自然風的樣子，現在也已經完全退潮。
新時代的型男，得要用強力髮雕，塑造出油頭再燒的狂野氣氛才叫正點！

ATSUO：

沒錯！！另外，新一季也是女權主義抬頭的時代！俐落的直長髮，將代表女性精悍幹練的一面，已經取代過去象徵可愛、柔順的娃娃造型！

蘿莉G：
那還用說！我們女人對於開創時尚可是敏感得很呢！尤其是找到一家滿意的沙龍，更是重要的功課哩！

一、翻遍正夯的人氣Hair誌，選出自己心儀的冠軍造型剪下。
二、依照書中提供的店家資訊，直接殺到造型師所屬的沙龍，照本宣科、依樣畫葫蘆Try一「變」，滿意的話，就留下來當熟客，失敗就繼續重複一次：翻雜誌、找店家……

還有還有……日本人氣沙龍收費通常採髮型師分級預約制，剪、染、燙等各自的一般行情價為￥6500起跳，切記！日本的沙龍是無約不服務啦！

ATSUO：
……■▄■▅■

蘿莉G：
除了選對造型沙龍定期門面整修，平常日還得靠無所不賣的藥妝店加持保佑啦！尤其日本美容美髮產品大爆滿，通常只要殺到MATSUMOTOKIYO-SHI或SONYPLAZA，馬上就可以買到各式各樣第一手流行美妝物品！

ATSUO：
嗯！看來Thumb的流行敏感度還要再加強啦！不過改變髮型，也算是踏出型男第一步！接下來，就看他的同伴還能怎麼幫助他啦！好戲還在後頭哩！

ⅢⅤ 特典二
造型沙龍一番研究所：明星御用造型魔髮師

☆ Satolu≒KONAN ☆

　　流行發信基地的原宿，同時也是造型沙龍的激戰區，隨處可見外型獨特、內裝精緻的個性沙龍。除了深受時下型男美女的歡迎，更是日本藝能界新星人類的變身大本營！像現在正夯的名模教主～木村KAELA，當年還只是個平凡小學生時，就是在原宿逛街時，被當時享有『日本造型界之神』美譽的Satolu≒KONAN慧眼識寶，找去做髮型模特兒，才有機會造就今日名模教主的地位。

　　而這位Satolu≒KONAN是堂堂頂級沙龍「YES」的老闆（2008年1月改名，前身為リトル∞ミラクル），曾經和無數王牌巨星在各種廣告、電視劇、電影中，有許多令人讚嘆的精采視覺演出：如木村拓哉的NTT廣告、犬神家一族篇、上戶彩主演電影：《網交甜心》、木村KAELA的各種形象寫真、Seventeen雜誌、CUTIE雜誌、ZIPPER雜誌等不勝枚舉……近年來，Satolu除了活躍於國際時尚舞台上大展長才之餘，更將觸角延伸至專業攝影、室內設計、產品設計、創意指導、形象塑造等多元化藝術領域，同時身兼造型學校校長、專欄作家，並擔任日本各大綜藝節目、連續劇、廣告、唱片、電影等藝術總監，由於他嶄新的構想和理念、前衛的創作風格，被圈內人士視為日本藝能界幕後的異端兒。

木村KAELA

NINA

*PHOTO+H&M+STYLING by Satolu≒KONAN (MiRACLE∞CONTROL)

応援追跡物語 ★

充滿藝術氣息的「YES」造型沙龍

店舗情報：「YES」

　　　　　住所：東京都渋谷区神南1-13-15-2A

　　　　　TEL：03-3770-7705

　　　　　定休日：星期二

　　　　　營業時間：平常日12：00〜22：00

　　　　　　　　　　週末　10：00〜20：00

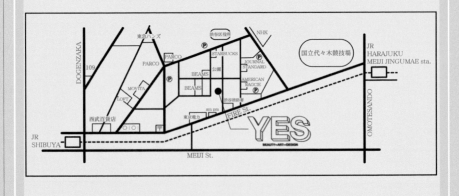

☆ Ryotaro高橋亮太朗☆

　　另一位則是偶像天團w-inds.出道至今的御用大髮師Ryotaro～高橋亮太朗，他隸屬於享有業界盛名的「SASHU」原宿店，2005年跟著w-inds.來過台灣後，英挺俊俏的外型，也成為w-inds.粉絲們鎖定的對象。不少台、港w-inds.的粉絲們，還會千里迢迢跑到日本去找Ryotaro變髮，享受和偶像同等級的造型服務！而Ryotaro同時也是藝能界Dancer們最愛的造型師之一，Shin.1、Kazuya、Shingo、ATSUO、甚至後來的Thumb都是出自他手。

　　令人驚訝的是不論Satolu或Ryotaro，平常沒有通告時，都會乖乖留守店裡，接受一般庶民的預約。此外，像『369』、『SHIMA』、『RITS』等也都是大小明星愛去的造型沙龍，這些美髮沙龍，通常會和各種流行雜誌配合優惠大放送，各位想要前往原宿沙龍挑戰的朋友們，不妨買本雜誌，看準上面的造型，帶到日本去直接看圖溝通，再順便享受打折好康喔！

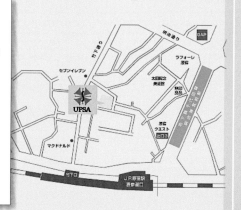

「SASHU」造型沙龍

店舗情報：
「SASHU SALON UPSA」
住所：東京都渋谷区神宮前1-15-3
TEL：03-3404-1481
定休日：星期二
營業時間：
星期一、三、四　11:00～20:00
星期五、六　　　11:00～21:00
星期日　　　　　11:00～19:00

CHAPTER.IV

完全制霸時尚流行誌!!

POPULAR MAGAZINE

流行到底是蝦米？雖然頂著一顆大師傑作的新潮髮型，但Thumb自覺離「時尚潮男」的水準還差得遠！今日，跟著在藝能界工作的朋友Shin.1、Kazuya、Shingo來到池袋No.1的書城LIBRO本店，打算徹底學習研究一番！但是千百種類的書籍雜誌，型男初學者Thumb究竟該從哪一本入門呢？……（呆滯中）

Ⅳ-1 書店尋寶記

❁ 普普風定番会話 ❁

Thumb すごい！やっぱり、都会（とかい）の本屋（ほんや）さんってデカイ！！
su.go.i.ya.p.pa.ri.to.ka.i.no.ho.n.ya.sa.n.t.te.de.ka.i
哇塞！都會的書店果然粉大！

Kazuya ここは池袋（いけぶくろ）最大級（さいだいきゅう）の本屋（ほんや）だからね。
ko.ko.wa.i.ke.bu.ku.ro.sa.i.da.i.kyu.u.no.ho.n.ya.da.ka.ra.ne
因為這裡是池袋最大型的書城嘛。

Shin.1 特（とく）に雑誌（ざっし）コーナーが一番（いちばん）評判（ひょうばん）ですよ。
to.ku.ni.za.s.shi.ko.o.na.a.ga.i.chi.ba.n.hyo.o.ba.n.de.su.yo
特別是雜誌專賣區風評最讚喔！

Shingo 当（あ）たり前（まえ）でしょう！本屋（ほんや）は情報（じょうほう）の発信地（はっしんち）だからさ。
a.ta.ri.ma.e.de.sho.o.ho.n.ya.wa.jo.o.ho.o.no.ha.s.shi.n.chi.da.ka.ra.sa
那當然囉！因為書店是情報來源呀。

Thumb なるほど。後（あと）で、もっといろいろ教（おし）えてくださいね。
na.ru.ho.do.a.to.de.mo.t.to.i.ro.i.ro.o.shi.e.te.ku.da.sa.i.ne
原來如此。待會兒再多告訴我一些喔！

Shingo ほら、あっちに新刊（しんかん）のコーナーがあります。
ho.ra.a.c.chi.ni.shi.n.ka.n.no.ko.o.na.a.ga.a.ri.ma.su
瞧，那裡有新書專賣區。

Thumb よし、みんなで行ってみよう！
yo.shi.mi.n.na.de.i.t.te.mi.yo.o
好，大家一起去看看吧！

距 離Thumb進軍藝能界的美夢還粉遠，但是，想要成為未來的大明星，除了全天候24小時頭頂雷達偵測器蒐集各類情報之外，腦袋更要時常更新，才能提升流行敏感度哦！

Kazuya 村上 龍と村上 春樹とどっちが好きですか？
mu.ra.ka.mi.ryu.u.to.mu.ra.ka.mi.ha.ru.ki.to.do.c.chi.ga.su.ki.de.su.ka
村上龍和村上春樹你喜歡哪一位？

Thumb 2人とも僕には難しすぎて読めませね……。
fu.ta.ri.to.mo.bo.ku.ni.wa.mu.zu.ka.shi.su.gi.te.yo.me.ma.se.n.ne
這兩位的作品對我而言，都太難了！看不懂耶……

ちなみに、僕はリリー・フランキーの方が好きです。
chi.na.mi.ni.bo.ku.wa.ri.ri.i.fu.ra.n.ki.i.no.ho.o.ga.su.ki.de.su
順便一提，我個人比較喜歡Lily Franky。

Shin.1 彼は若者向けの著書が多いですもんね。
ka.re.wa.wa.ka.mo.no.mu.ke.no.cho.sho.ga.o.o.i.de.su.mo.n.ne
因為他的書，多半針對年輕族群嘛。

ベストセラーの《東京タワー》も、めちゃめちゃ泣けたよ！
be.su.to.se.ra.a.no.to.o.kyo.o.ta.wa.a.mo.me.cha.me.cha.na.ke.ta.yo
暢銷書《東京鐵塔》也超級賺人熱淚的喔！

Thumb リリーさんの 本 がどこにあるか 見 つかりませんね……
ri.ri.i.sa.n.no.ho.n.ga.do.ko.ni.a.ru.ka.mi.tsu.ka.ri.ma.se.n.ne
找不到哪裡有Lily的書……

Shingo あそこの 棚 にあります！
a.so.ko.no.ta.na.ni.a.ri.ma.su
在那邊的架上有！

Shin.1 じゃ、そこを 見 てから、雑誌 コーナーへ 移動 しましょう！
ja.so.ko.o.mi.te.ka.ra.za.s.shi.ko.o.na.a.e.i.do.o.shi.ma.sho.o
那麼，逛完那邊後，就往雜誌專賣區移動吧！

❀ 單字拼盤 ❀

ほん や
本屋　　　　　書店
ho.n.ya

デカイ　　　　巨大
de.ka.i

いけ ぶくろ
池袋　　　　　池袋
i.ke.bu.ku.ro

とく
特に　　　　特別是
to.ku.ni

ざっし
雑誌　　　　　雑誌
za.s.shi

コーナー　　専櫃、區
ko.o.na.a

ひょう ばん
評判　　　　評價
hyo.o.ba.n

あ　　　　まえ
当たり前　　理所當然
a.ta.ri.ma.e

はっしん ち
発信地　　　發訊源
ha.s.shi.n.chi

なるほど　　原來如此
na.ru.ho.do

あと
後で　　　　待會兒
a.to.de

もっと　　　更、更加
mo.t.to

ほら　　　　瞧、看
ho.ra　　　（要對方
　　　　　　　注意）

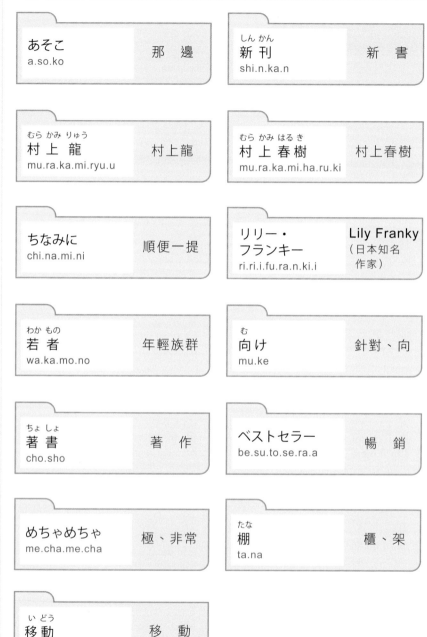

あそこ
a.so.ko
那邊

しんかん
新刊
shi.n.ka.n
新書

むらかみりゅう
村上龍
mu.ra.ka.mi.ryu.u
村上龍

むらかみはるき
村上春樹
mu.ra.ka.mi.ha.ru.ki
村上春樹

ちなみに
chi.na.mi.ni
順便一提

リリー・
フランキー
ri.ri.i.fu.ra.n.ki.i
Lily Franky
（日本知名
　作家）

わかもの
若者
wa.ka.mo.no
年輕族群

む
向け
mu.ke
針對、向

ちょしょ
著書
cho.sho
著作

ベストセラー
be.su.to.se.ra.a
暢銷

めちゃめちゃ
me.cha.me.cha
極、非常

たな
棚
ta.na
櫃、架

いどう
移動
i.do.o
移動

❀ 必勝！激生完美句型 ❀

▶ もっと……ください

請再稍微……
請更加……

這個句型所表示的程度，要比現狀再加強一點，帶點鼓勵、期許的意味。

1 もっと頑張（がんば）って下（くだ）さい！
mo.tto.ga.n.ba.tte.ku.da.sa.i
請再多加把勁！

2 もっと食（た）べて下（くだ）さい！
mo.tto.ta.be.te.ku.da.sa.i
請再多吃一點！

3 もっと愛（あい）して下（くだ）さい！
mo.tto.a.i.shi.te.ku.da.sa.i
請更加愛我！

▶ 名詞＋には＋評價的基準

對……來說

句型中所使用的名詞必須為表示「人」的名詞，意思是「對於此人來說」，然後針對某種情況作出評價，例如：難しい（困難）、出来ない（做不到）、分からない（不懂）……等，另外，道地的使用方法，還可以再加上攤手搖頭無奈狀喔！

1 僕（ぼく）には分（わ）かりません。
bo.ku.ni.wa.wa.ka.ri.ma.se.n
對我來說不懂。

2 彼女には似合わないです。
ka.no.jo.ni.wa.ni.a.wa.na.i.de.su
對她來説不適合。

3 あの人には大きいでしょう。
a.no.hi.to.ni.wa.o.o.ki.i.de.sho.o
對那個人而言太大了吧。

◎ 名詞❶+向けの+名詞❷　　　　針對……

　　名詞❶+向けの+名詞❷的句型，表示針對名詞❶為對象，而衍生出的名詞❷，例如：子供向けの本（針對小孩子的書）；学生向けの雑誌（針對學生的雑誌），可以説是市場商品在瞄準特定對象時的習慣用語。

1 大人向けの映画。
o.to.na.mu.ke.no.e.i.ga
針對大人的電影。

2 女性向けのデザイン。
jo.se.i.mu.ke.no.de.za.i.n
針對女性的設計。

3 老人向けのサービス。
ro.o.ji.n.mu.ke.no.sa.a.bi.su
針對老人的服務。

Ⅳ-11 流行誌御三家

想 要知道最IN的流行訊息，就一定要閱讀雜誌！在日本，這些時尚雜誌不只提供流行情報，更是型男美女必看、必學的流行聖經哩！

◎ 普普風定番会話 ◎

Thumb おすすめのファッション雑誌を教えてください。
o.su.su.me.no.fa.s.sho.n.za.s.shi.o.o.shi.e.te.ku.da.sa.i
請告訴我你們推薦拜讀的流行雜誌。

Shin.1 私的には、ジゼルがおすすめです。
wa.ta.shi.te.ki.ni.wa.ji.ze.ru.ga.o.su.su.me.de.su
我個人推薦《GISELe》雜誌。

Kazuya 装苑はオシャレだと思います。
so.o.e.n.wa.o.sha.re.da.to.o.mo.i.ma.su
我認為《裝苑》雜誌很符合時尚潮流。

情報轟炸G

終極MIX STYLE時尚雜誌《GISELe》（主婦之友社出版），可說是所有想進軍名媛貴婦的女性必讀雜誌！每期緊扣時尚、前衛主題，並延伸相關新興情報。

另外，孕育出山本耀司、川久保玲、高田賢三（KENZO）等日本服裝設計人才的「文化學園體系」，所編製的流行雜誌《裝苑》（文化出版局出版），囊括所有東京流行「看、讀、玩」的相關最IN訊息，相當受到藝能界、藝術界人士的喜愛，藝術家草間彌生、名模教主木村KAELA皆為《裝苑》忠實讀者之一。

日本流行時尚女人誌

潮人必讀《裝苑》雜誌

Shingo　キャンキャンです！
kya.n.kya.n.de.su
我推薦《CanCan》！

Thumb　ストリート系のはどれですか？
su.to.ri.i.to.ke.i.no.wa.do.re.de.su.ka
哪一種雜誌屬於街頭系雜誌呢？

Kazuya　スマートとかがストリート系ですよ。
su.ma.a.to.to.ka.ga.su.to.ri.i.to.ke.i.de.su.yo
《Smart》就是街頭系雜誌喔。

ほら、このモデルって超イケテルと思わない?
ho.ra.ko.no.mo.de.ru.t.te.cho.o.i.ke.te.ru.to.o.mo.wa.na.i
瞧，這個模特兒是不是長得超正的呢？

Shin.1　でも、このスタイルって時代遅れだと思いませんか？
de.mo.ko.no.su.ta.i.ru.t.te.ji.da.i.o.ku.re.da.to.o.mo.i.ma.se.n.ka
但是，你們不認為這個型已經落伍了嗎？

Shingo　うーん……確かに……ちょっと古いね……
u.u.n.ta.shi.ka.ni.cho.t.to.fu.ru.i.ne
嗯……確實有點……跟不上潮流噢……

Thumb　どれどれ……僕にも見せて！
do.re.do.re.bo.ku.ni.mo.mi.se.te
啥啊啥啊……讓我也瞧瞧！

あれ？これって、僕の普段の格好と似てませんか？
a.re.ko.re.t.te.bo.ku.no.fu.da.n.no.ka.k.ko.o.to.ni.te.ma.se.n.ka
欸？這個，不正和我平常的打扮很像嗎？

Kazuya あ、あはは……気のせい！気のせい……(汗)
a.a.ha.ha.ki.no.se.i.ki.no.se.i
啊，啊哈哈……想太多！想太多……（汗）

Shin.1 そ、そ、そうだよ！『そんなの関係ねぇ!!』(小島よしお風)
so.so.so.o.da.yo.so.n.na.no.ka.n.ke.i.ne.e
對、對、對呀！不相干啦！！（小島YOSHIO風）

Shingo 『どんだけぇ～!!!』(IKKO流)
do.n.da.ke.e.e
哇～～噢～～無敵尷尬！！！（IKKO流）

Thumb よし！これを年間購読にする！！！
yo.shi.ko.re.o.ne.n.ka.n.ko.o.do.ku.ni.su.ru
決定了！這本訂一年！！！

情報轟炸G

　　『そんなの関係ねぇ!!』這句話，是日本2007年度流行語大賞Top10入選金句。在日本，一年一度的「流行語大賞」於每年十二月上旬經由專屬審查委員會，評選出年間各界知名人士、團體所發表的言論中，造成社會正、負衝擊，大眾於日常生活中爭相引用的「新造語」，進而編入《現代用語的基礎知識》中。
2007年，在日本幾乎人人嘴上都掛著這句「そんなの関係ねぇ」，而且由嗆紅搞笑藝人小島YOSHIO帶領發騷，人氣偶像團體w-inds.、Lead來台開唱時，還多次在舞台上模仿演出笑爆全場！

小島YOSHIO

　　另外一句也入選日本2007年度流行語大賞Top10的潮語。是由日本美容界高知名度的IKKO所創的『どんだけぇ～!!!』，不僅深受廣告商青睞，還爆紅到發行唱片，特別的是，千萬別看IKKO一副妖嬌的模樣，其實「她」是個不折不扣的男兒身喔！

IKKO

⚙ 單字拼盤 ⚙

| おすすめ
o.su.su.me | 推薦 |

| ジゼル
ji.ze.ru | GISELe
（時尚流行誌） |

| そうえん
装苑
so.o.e.n | 装苑
（時尚流行誌） |

| オシャレ
o.sha.re | 時髦 |

| キャンキャン
kya.n.kya.n | CanCan |

| ストリート系^{けい}
su.to.ri.i.to.ke.i | 街頭系 |

| スマート
su.ma.a.to | Smart |

| モデル
mo.de.ru | 模特兒 |

| ちょう
超
cho.o | 超級 |

| イケテル
i.ke.te.ru | 正點 |

| じ だい おく
時代遅れ
ji.da.i.o.ku.re | 落伍 |

| たし
確かに
ta.shi.ka.ni | 確實 |

| ふる
古い
fu.ru.i | 落伍
老舊 |

どれどれ　　　啥啊？
do.re.do.re　　　我瞧瞧

ふだん
普段　　　平常
fu.da.n

かっこう
格好　　　打扮
ka.k.ko.o

き
気のせい　　　想太多
ki.no.se.i

かんけい
関係ねぇ　　　無關緊要
ka.n.ke.i.ne.e

どんだけ　　　多麼
do.n.da.ke　　　極致

ねんかんこうどく
年間購読　　　訂閱一年
ne.n.ka.n.ko.o.do.ku

かれ
彼　　　他
ka.re

こ
来ない　　　不來
ko.na.i

はまざき
浜崎あゆみ　　　濱崎步
ha.ma.za.ki.a.yu.mi　（日本流行　　　樂壇天后）

すてき
素敵　　　優秀
su.te.ki　　　美好

へん
変　　　奇怪
he.n

びじん
美人　　　美人
bi.ji.n

たいせつ
大切　　　重要
ta.i.se.tsu

⚙ 必勝！激生完美句型 ⚙

▶ でも……　　　　　　　　　　然而、但是、可是

でも用在句首，表示和前述內容相反的轉折語氣，是一個非常口語化的用法，比「しかし」更口語，所以一般在正式文章中是不會出現的。另外，想要賴時也非常好用呢！

1 うちは貧乏だ。でも、とても幸せなんだ。
u.chi.wa.bi.n.bo.o.da.de.mo.to.te.mo.shi.a.wa.
se.na.n.da
我家很窮但是很幸福。

2 とても買いたいです。でも、お金がない！
to.te.mo.ka.i.ta.i.de.su.de.mo.o.ka.ne.ga.na.i
雖然非常想買但是身上沒有半毛錢！

▶ 名詞 / な形容詞＋じゃないか　　　是不是
（表示推測或確認）

這個句型是「ではないか」較為生活化的口語説法，表示説話者雖然不能清楚判斷決定，但是大概如此的推測性判斷。「じゃないか」是男性使用的形式；「じゃないの、じゃない」是女性使用的形式，在會話中使用語尾上揚升調時，通常表示以自己的推測，徵求對方確認，也就是「你是不是也這樣認為啊？」

1 ちょっと変じゃないか？
cho.t.to.he.n.ja.na.i.ka
是不是有點怪呢？

2 あなたも美人じゃないか？
a.na.ta.mo.bi.ji.n.ja.na.i.ka
你不也是美人兒嗎？

3 大切なのは気持ちじゃない？
ta.i.se.tsi.na.no.wa.ki.mo.chi.ja.na.i
重要的不正是心意嗎？

◉ 名詞＋に＋する/します/した　　　決定

這個完美句型不但簡單而且好用，專門表示「決定」的意思。也可以解釋為說話者經過一番思考，確定心意後所提出來的答案。

1 どっちにする？
do.c.chi.ni.su.ru
要選哪一個？

2 どこにしますか？
do.ko.ni.shi.ma.su.ka
要選擇去哪裡呢？

3 もう泣かないことにした。
mo.o.na.ka.na.i.ko.to.ni.shi.ta
我決定不再哭了。

Ⅳ-Ⅲ 預約未來

年 末慣例，書店裡提供各式各樣五花八門精美月曆的預購，舉凡熱門偶像、卡通動漫、寫真女星、可愛動物、優美風景……應有盡有！Thumb決定挑選一幅有意義的月曆，希望未來一年裡的「星願」能夠完美實現……

❀普普風定番会話❀

Thumb
<ruby>来<rt>らい</rt></ruby> <ruby>年<rt>ねん</rt></ruby> のカレンダーは <ruby>予約<rt>よやく</rt></ruby> を <ruby>受付<rt>うけつ</rt></ruby> けていますか？
ra.i.ne.n.no.ka.re.n.da.a.wa.yo.ya.ku.o.u.ke.tsu.ke.te.i.ma.su.ka
這裡接受明年度月曆的預約嗎？

書店店員
はい！<ruby>今<rt>こん</rt></ruby> <ruby>週<rt>しゅう</rt></ruby> から <ruby>受付<rt>うけつ</rt></ruby> け <ruby>開始<rt>かいし</rt></ruby> <ruby>致<rt>いた</rt></ruby> しました。
ha.i.ko.n.shu.u.ka.ra.u.ke.tsu.ke.ka.i.shi.i.ta.shi.ma.shi.ta
是的！本週開始接受預購。

カレンダーの <ruby>見本<rt>みほん</rt></ruby> はこちらになります。
ka.re.n.da.a.no.mi.ho.n.wa.ko.chi.ra.ni.na.ri.ma.su
月曆的參考種類在這裡。

Thumb
どこで <ruby>予約<rt>よやく</rt></ruby> が <ruby>出来<rt>でき</rt></ruby> ますか？
do.ko.de.yo.ya.ku.ga.de.ki.ma.su.ka
在哪裡可以預約呢？

書店店員
レジで <ruby>出来<rt>でき</rt></ruby> ますよ。
re.ji.de.de.ki.ma.su.yo
在收銀台那裡可以喔。

　　　ひとり　いち　ぶ
一人一部までなんですよ。
hi.to.ri.i.chi.bu.ma.de.na.n.de.su.yo
一個人只能買一份喔。

　　　　　よ　やくりょう
Thumb　予約料はかかりますか？
yo.ya.ku.ryo.o.wa.ka.ka.ri.ma.su.ka
需要付訂金嗎？

　　　　　　　　よ　やくりょう
書店店員　いいえ、予約料はかかりません！
i.i.e.yo.ya.ku.ryo.o.wa.ka.ka.ri.ma.se.n
不，不需要付訂金！

　　　　　　　　　　　　　　ゆう　こう
Thumb　キャンセルはいつまで有効ですか？
kya.n.se.ru.wa.i.tsu.ma.de.yu.u.ko.o.de.su.ka
多久以前可以取消預約呢？

　　　　　　はつ　ばい　　　　　にしゅう　かん　い　ない
書店店員　発売してから2週間以内です。
ha.tsu.ba.i.shi.te.ka.ra.ni.shu.u.ka.n.i.na.i.de.su
發售後兩個星期以內。

　　　　　　はら　　　もど
Thumb　払い戻しはできますか？
ha.ra.i.mo.do.shi.wa.de.ki.ma.su.ka
可以退費嗎？

　　　　　　ぜん　じつ
書店店員　前日までできますよ。
ze.n.ji.tsu.ma.de.de.ki.ma.su.yo
發售前一天為止皆可退費喔。

Thumb よし、じゃ、僕 モーニング娘 のを 予約 します。
yo.shi.ja.bo.ku.mo.o.ni.n.gu.mu.su.me.no.o.yo.ya.ku.shi.ma.su
好ㄟ，那麼，我要預約早安少女組的月曆。

書店店員 モーニング娘 なら、ちょうどあと一部しか残ってないよう
ですね。
mo.o.ni.n.gu.mu.su.me.na.ra.cho.o.do.a.to.i.chi.bu.shi.ka.no.ko.t.
te.na.i.yo.o.de.su.ne
早安少女組的話，正巧好像還只剩下一份喔。

Thumb マジっすか？！めちゃくちゃラッキーじゃん！！
ma.ji.s.su.ka.me.cha.ku.cha.ra.k.ki.i.ja.n
真的假的？！我還亂幸運一把的嘛！

❀ 單字拼盤 ❀

日文	中文
らい ねん 来年 ra.i.ne.n	明 年
カレンダー ka.re.n.da.a	月 曆
よ やく 予約 yo.ya.ku	預 約
うけ つ 受付け u.ke.tsu.ke	接受 受理申請
こん しゅう 今 週 ko.n.shu.u	本 週
かい し 開始 ka.i.shi	開 始
み ほん 見本 mi.ho.n	樣 品
レジ re.ji	收銀台
よ やくりょう 予約料 yo.ya.ku.ryo.o	訂 金
キャンセル kya.n.se.ru	取 消
ゆう こう 有効 yu.u.ko.o	有 效
に しゅう かん まえ 2 週 間前 ni.shu.u.ka.n.ma.e	兩週前
はら もど 払い戻し ha.ra.i.mo.do.shi	退 費

日本語	中文
<ruby>前<rt>ぜん</rt></ruby><ruby>日<rt>じつ</rt></ruby> ze.n.ji.tsu	前一天
モーニング<ruby>娘<rt>むすめ</rt></ruby> mo.o.ni.n.gu.mu.su.me	早安少女組 （日本美少女 偶像團體）
ちょうど cho.o.do	正巧 剛好
マジっすか？！ ma.ji.s.su.ka	真的假的?!
めちゃくちゃ me.cha.ku.cha	亂…… 一把的
<ruby>苦<rt>にが</rt></ruby><ruby>手<rt>て</rt></ruby> ni.ga.te	棘手
<ruby>風<rt>か</rt></ruby><ruby>邪<rt>ぜ</rt></ruby> ka.ze	感冒
<ruby>女<rt>じょ</rt></ruby><ruby>子<rt>し</rt></ruby><ruby>高<rt>こう</rt></ruby><ruby>生<rt>せい</rt></ruby> jo.shi.ko.o.se.i	女高中生
<ruby>人<rt>ひと</rt></ruby> hi.to	人
<ruby>自<rt>じ</rt></ruby><ruby>由<rt>ゆう</rt></ruby> ji.yu.u	自由
やる ya.ru	作、拼
<ruby>何<rt>なん</rt></ruby>でも na.n.de.mo	什麼都

❀ 必勝！激生完美句型 ❀

◎ 名詞/な形容詞＋なん＋です　　是（因為）⋯⋯

這個句型表示說明前文所敘述的事情，或者造成當時狀況的原因、理由時使用，是「なんだ」的敬體表現。除了說明的用途之外，也可以用來強調自己的主張。年輕人在說話時，往往為了證實自己堅持的主張，或表示決心說服他人，經常於言談中使用這個句型，尤其是暴走女子高中生更是超級愛用哩！

1 ちょっと苦手(に がて)なんです。
cho.tto.ni.ga.te.na.n.de.su
是有點棘手。

2 私(わたし)は女子高生(じょしこうせい)なんです。
wa.ta.shi.wa.jo.shi.ko.o.se.i.na.n.de.su
我是女子高中生。

3 人(ひと)は自由(じ ゆう)なんです。
hi.to.wa.ji.yu.u.na.n.de.su
人是自由的。

◎ 數量詞＋以內(い ない)　　　　　以內、不超過

這個句型表示包含某個數量的範圍，不超過該數量的範圍。

1 予算(よ さん)は一万円(いちまんえん)以內(い ない)です。
yo.sa.n.wa.i.chi.ma.n.e.n.i.na.i.de.su
預算在一萬以內。

2 一週間以内で完成してください。
i.s.shu.u.ka.n.i.na.i.de.ka.n.se.i.shi.te.ku.da.sa.i
請於一星期內完成。

3 十分以内で完食した。
ju.p.pu.n.i.na.i.de.ka.n.sho.ku.shi.ta
十分鐘內就吃光了。

◉ 名詞＋しか……ない　　　　　只、只有

しか有「限定」的意思、表示「只有這樣做」，與否定句一起使用時，表示別無選擇、沒有其他可能性，類似英文的「only」。

1 日曜日しか空いてない。
ni.chi.yo.o.bi.shi.ka.a.i.te.na.i
只有星期日有空。

2 もうやるしかない。
mo.o.ya.ru.shi.ka.na.i
唯有拼了。

3 あと一時間しかない。
a.to.i.chi.ji.ka.n.shi.ka.na.i
只剩下一小時。

Ⅳ-Ⅳ 特典一
G&A發騷珍格言の卷☆彡

蘿莉G：
ATSUO你知道日本各大書店男性和女性雜誌暢銷排行榜嗎？

ATSUO：
聽說在年輕族群中最受歡迎的男性雜誌NO.1是《Men's nonno》、第2名是《Smart》、第3名是《Fine boys》；女性雜誌的排行則分別是：《Can-Can》、《More》、《ViVi》。
對了！如果喜歡街頭系雜誌，《Smart》可就是最強精選！內容包括超人氣的街頭品牌以及SAMURAI名人的風格，完全標榜「嘻哈有理、街頭無罪論」！

蘿莉G：
說到《CanCan》，那真是日本女大學生的時尚聖經，近來還因為培養出由名模，轉戰女優的長谷川京子、伊東美咲、山田優、蛯原友里而聲名大噪。內容都是二十代女大學生、OL需要的時裝、髮型、娛樂、戀愛等資訊，還採用現役女大學生當「讀者模特兒」（Documo），介紹當季精選的流行搭配，深受好評！

ATSUO：
沒錯！現在的雜誌都會因應消費大眾需求，無論是流行、情報、居家生活、戶外旅遊、興趣嗜好……等，都製作得各有特色！而且在東京要找書的話，建議到池袋的「LIBRO」準沒錯！那裡無論專業書籍、雜誌、漫畫，整棟書城應有盡有！

很受日本妹歡迎的流行青春少女雜誌

日本人氣時尚男性雜誌

蘿莉G：
嘿！重點是要告訴大家「LIBRO」怎麼去啦！

ATSUO：
「LIBRO」位於池袋西武百貨書籍館・イルムス館內，舉凡JR山手線、埼京等線，以及營團地下鐵丸之內線、有樂町線、西武池袋線、東武東上線等各線池袋站下車，步行約七分鐘即可到達，池袋四通八達的交通聯絡動線可以說相當便利，車站周圍百貨公司環環相連，亦是東京買物另一絕住選擇喔！

池袋LIBRO書店

蘿莉G：
YES！地上池袋城好好逛，地下池袋街則最適合我們貧賤小女子挖寶，日幣千元小鈔立大功的機會特多，保證會有「買到賺到」的感覺！

ATSUO：
唉～果真是東京無所不敗女……

N-V 特典二
流行誌一番研究所：How to be a Documo~
讀者模特兒

所謂讀者模特兒（読者モデル）就是以一般讀者的身分，在時尚流行雜誌登場的模特兒。日本人暱稱這些素人美眉為「讀模」（Documo），可別小看這些Documo的魅力，她們受歡迎的人氣指數甚至偶爾還會超過正牌模特兒呢！（驚）

至於時下年輕的漾妹們到底該怎樣才能成為鎂光燈下的新寵兒Documo呢？其實在購買日版雜誌時，有時會發現內層夾頁上，就會有專門為募集讀者模特兒設計的募集葉書！只要利用這些葉書，填妥各項資料，附上閃亮亮的美照寄回雜誌社就OK囉！但通常唯有被錄取的人，才會接到合格通知，尤其像《JJ》、《CanCan》、《Ray》等人氣雜誌的Documo部門，每個月接個上百封的應徵信都是正常滴！另外還有一種可遇不可求的管道，則是在街上幸運地被挖掘。像某些演藝經紀公司有所謂臨時藝人部門（エキストラ部門），經紀人會上街挖掘臨藝新星！在原宿竹下通、涉谷宮益坂上就有幾間這樣的藝能事務所，例如：Topic、（株）BEEM等。

模特兒公司也會派經紀人主動出擊發掘新星。

涉谷八犬公出口也是星探常去的地方。

雜誌夾頁中常見的「讀模募集葉書」。

此外，特別夯的讀者模特兒，又被拱稱為「名媛讀者模特兒」（セレブ読者モデル）或「教主讀者模特兒」（カリスマ読者モデル），人氣絕頂Documo拍寫真集、出DVD、上節目等，和一般偶像明星可沒兩樣呢！順便值得一提的是，由讀者身分轉戰藝能界成為赫赫有名的Super Star例子也爆多，像和風美人小雪、帕妮的大貫亞美、名模教主木村KAELA、個性歌手hitomi、《CanCan》名模押切萌等，另外妻夫木聰、忍成修吾，也是由男性流行誌躍上大螢幕成為日本新生代的男優代表喔！

事務所情報：株式會社BEEM
〒150-0002
住所：東京都渋谷区渋谷1-8-5　小山ビル5F
TEL：03-3797-0471
FAX：03-3797-0455

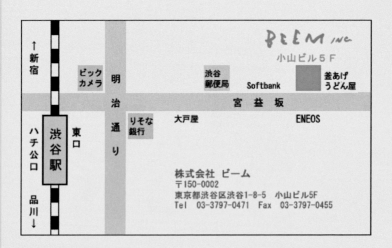

尚品時尚精店

研磨美學靈感

BEST BOUTIQUE

想成為名副其實的時尚潮男，光看雜誌紙上談兵當然不夠！Thumb決定「上街」累積實戰經驗。於是在情人節前夕，時尚菜鳥Thumb前往精品店試著為自己增添行頭時，恰巧遇到店家舉辦徵選「一日店員」活動，在精品店員的熱力邀約下，Thumb真的當起一日店員，除了學習待客時的應對進退，還擔任起顧客的造型顧問呢……大丈夫ですか？？？

V-1 遇見時尚達人

手中緊握早已翻爛的流行雜誌，Thumb鼓起勇氣走進裏原宿人氣精品店……

❖ 普普風定番会話 ❖

精品店員 お客様、何かお探しでしょうか?
o.kya.ku.sa.ma.na.ni.ka.o.sa.ga.shi.de.sho.o.ka
這位客人，您在尋找什麼樣的商品呢？

Thumb あの〜この雑誌に出てるTシャツとデニムがほしいんですが……
a.no.o.ko.no.za.s.shi.ni.de.te.ru.ti.i.sha.tsu.to.de.ni.mu.ga.ho.shi.n.de.su.ga
不好意思〜我想找這本雜誌上面刊載的T恤和牛仔褲……

精品店員 これ、両方とも今年の流行なんですよ。
ko.re.ryo.o.ho.o.to.mo.ko.to.shi.no.ha.ya.ri.na.n.de.su.yo
這個嘛，兩者皆是今年流行的款式呢。

ございますよ。少々お待ちくださいませ。
go.za.i.ma.su.yo.sho.o.sho.o.o.ma.chi.ku.da.sa.i.ma.se
店裡面有喔。請稍等一下。

裏原宿的精品店果然不是蓋的，潮流商品種類豐富齊全，Thumb馬上就找到雜誌上的人氣熱門款，在更衣室裡看著鏡中自己酷帥的模樣，Thumb不禁痴痴暗笑……

Thumb もう少し大きいサイズはありますか？
mo.o.su.ko.shi.o.o.ki.i.sa.i.zu.wa.a.ri.ma.su.ka
有沒有再大一點的尺寸呢？

精品店員 申し訳ありません……ワンサイズなんです。
mo.o.shi.wa.ke.a.ri.ma.se.n.wa.n.sa.i.zu.na.n.de.su
非常抱歉……只有一個尺寸。

今年 はこのバギーパンツが 流行ますよ。
ko.to.shi.wa.ko.no.ba.gi.i.pa.n.tsu.ga.ha.ya.ri.ma.su.yo
今年很流行這種寬版褲喔。

着回しが 効くし、お客 さんにはよく 似合 うと 思いますよ！
ki.ma.wa.shi.ga.ki.ku.shi.o.kya.ku.sa.n.ni.wa.yo.ku.ni.a.u.to.o.mo.i.ma.su.yo
而且還具有重複穿搭功能，我覺得很適合客人您呢！

Thumb 他にどんな服と合わせたらいいですか？
ho.ka.ni.do.n.na.fu.ku.to.a.wa.se.ta.ra.i.i.de.su.ka
其他還可以搭配什麼樣的衣服呢？

精品店員 カジュアルすぎない 方がいいと 思います。
ka.ju.a.ru.su.gi.na.i.ho.u.ga.i.i.to.o.mo.i.ma.su
我認為不要搭得太過休閒比較好。

この 黒 のジャケットとかに 合わせたらカッコイイと 思いますが。
ko.no.ku.ro.no.ja.ke.t.to.to.ka.ni.a.wa.se.ta.ra.ka.k.ko.i.i.to.o.mo.i.ma.su.ga
類似搭配這種黑夾克就顯得很帥氣。

Thumb さすが 噂のカリスマ店 員！そのファッションセンスが 羨ましい！
sa.su.ga.u.wa.sa.no.ka.ri.su.ma.te.n.i.n.so.no.fa.s.sho.n.se.n.su.
ga.u.ra.ya.ma.shi.i
教主級店員果然名不虛傳！真羨慕你的流行品味！

精品店員 あはは、毎日お店で鍛えられてますからね。
まい にち みせ きた

a.ha.ha.ma.i.ni.chi.o.mi.se.de.ki.ta.e.ra.re.te.ma.su.ka.ra.ne

啊哈哈，因為每天在店裡磨練嘛。

丁度今うちで一日店員体験を募集しているので、
ちょう ど いま　いち にちてん いん たい けん　ぼ しゅう

よかったらやってみませんか？

cho.o.do.i.ma.u.chi.de.i.chi.ni.chi.te.n.i.n.ta.i.ke.n.o.bo.shu.u.
shi.te.i.ru.no.de.yo.ka.t.ta.ra.ya.t.te.mi.ma.se.n.ka

剛好現在我們有一日店員體驗的招募，有興趣的話您要不要
試試看呢？

Thumb 本当に?! 僕も自分のファッションセンスを磨きたいから、是非!
ほん とう　　ぼく じ ぶん　　　　　　　　　　　　　　　みが　　　　ぜ ひ

ho.n.to.o.ni.bo.ku.mo.ji.bu.n.no.fa.s.sho.n.se.n.su.o.mi.ga.ki.ta.i.ka.ra.ze.hi

真的假的？！我也想要琢磨自己的流行品味，請務必讓我試試！

★ 情報轟炸G

　　　　日本國內為了讓一般民眾可以體驗各行各業的甘
苦，得以從隔行如隔山的多種領域中，獲得寶貴的人生
經驗，因此非常流行舉辦「一日○○體驗」活動。許多
藝人明星為了配合政府宣導政策，也非常熱中參與類似
活動，例如傑尼斯人氣團體ARASHI（嵐）的成員相葉雅
紀，就曾於2008年3月1日響應日本政府「春季火災預防
運動」政策，親自體驗「一日消防署長」，引來媒體爭
相報導，也達到政府宣導的目的，意義非凡。

表參道上的國際品牌精品店林立，連建
築體都展現獨特的藝術品味。

❀ 單字拼盤 ❀

Tシャツ ti.i.sha.tsu	T 恤

デニム de.ni.mu	牛仔褲

りょう ほう 両 方 ryo.o.ho.o	雙 方

はやり 流行 ha.ya.ri	潮 流

サイズ sa.i.zu	尺 寸

ワンサイズ wa.n.sa.i.zu	ONE SIZE

バギーパンツ ba.gi.i.pa.n.tsu	寬版褲

き まわ 着回し ki.ma.wa.shi	重複穿搭

き 効く ki.ku	有 效

に あ 似合う ni.a.u	適 合

ほか 他 ho.ka	其 他

ふく 服 fu.ku	衣 服

カジュアル ka.ju.a.ru	休 閒

すぎない su.gi.na.i	不超過	くろ 黒 ku.ro	黒色

すぎない
su.gi.na.i
不超過

くろ
黒
ku.ro
黒色

ジャケット
ja.ke.t.to
夾克

うわさ
噂
u.wa.sa
傳説
謠言

うらや
羨ましい
u.ra.ya.ma.shi.i
羨慕

ちょうど
丁度
cho.o.do
剛好、正

いち にち てん いん
一日店員
i.chi.ni.chi.te.n.i.n
一日店員

たい けん
体験
ta.i.ke.n.
體驗

ぼ しゅう
募集
bo.shu.u
招募
募集

みず
水
mi.zu
水

バッグ
ba.g.gu
包包

かん せい
完成
ka.n.se.i
完成

かん しょく
完食
ka.n.sho.ku
吃個精光

よ てい
予定
yo.te.i
預定

❀ 必勝！激生完美句型 ❀

◉ 何か+事件　　　　　　　　　　什麼……

　　這個句型具有副詞作用，表示不能明確指示該事物，不確定、不肯定的意思，和英文片語「What kind of……」的用法相近。在口語中則說成「なんか」，當心中有困惑、沒個準頭時，可以大膽使用這句。

> なに　もんだい
> ① 何か問題は？
> na.ni.ka.mo.n.da.i.wa
> 有什麼問題嗎？

> なに　た
> ② 何か食べたいものは？
> na.ni.ka.ta.be.ta.i.mo.no.wa
> 有想吃什麼嗎？

> なに　おんがく
> ③ 何か音楽ちょうだい！
> na.ni.ka.o.n.ga.ku.cho.o.da.i
> 來點什麼音樂吧！

◉ 名詞+が+ほしいんですが……　　想要……　　　　　　　　　　　　　　　　想買……

　　描述說話者想要得到某種東西的「慾望要求」，是一種間接請求的方式，最常見的組合是，在這個完美句型前加上「すみません」的說法，例如想向店家購買某樣東西時就可以用「すみません。これがほしいんですが……」（不好意思，我想要買這個……）。如此欲言又止的用法，是一種相當委婉的拜託方式。

> こいびと
> ① 恋人がほしいんですが……
> ko.i.bi.to.ga.ho.shi.i.n.de.su.ga
> 我想要個戀人……

2 あの〜、お<ruby>水<rt>みず</rt></ruby>がほしいんですが……
a.no.o.o.mi.zu.ga.ho.shi.i.n.de.su.ga
不好意思，我想要杯水……

3 <ruby>新<rt>あたら</rt></ruby>しいバッグがほしいんですが……
a.ta.ra.shi.i.ba.g.gu.ga.ho.shi.i.n.de.su.ga
我想要新包包……

◉ さすが＋名詞　　　　到底是、不愧是
果然名不虛傳

　　這個句型多用於句首，用於表示某事的結果符合説話者所持的社會觀念，或他所了解的內容，有打從內心認同、欽佩的意思，類似英文「as is expected」的意思。千萬千萬注意的是，這個完美句型只能在褒獎、誇讚的時候才能使用喔！

1 さすが<ruby>世界<rt>せかい</rt></ruby>チャンピオンだ。
sa.su.ga.se.ka.i.cha.n.pi.o.n.da
世界冠軍果然名不虛傳。

2 さすがSMAP、カッコイイ！
sa.su.ga.su.ma.p.pu.ka.k.ko.i.i
不愧是SMAP，帥呀！

3 さすが<ruby>君<rt>きみ</rt></ruby>、<ruby>頭<rt>あたま</rt></ruby>いいね。
sa.su.ga.ki.mi.a.ta.ma.i.i.ne
不愧是你，頭腦真好。

V-11 快樂打工族

呃 嗚～緊張緊張刺激刺激！！！在精品店員的鼓勵、推薦下，Thumb決定挑戰「一日店員體驗」！但就算是Only one day，還是得通過店長Muro嚴格的面試才有資格參加。曾經是標準「打工族」的Thumb能不能順利闖關呢？

✿ 普普風定番会話 ✿

Thumb
Thumbと申します。よろしくお願いします。
sa.mu.to.mo.o.shi.ma.su.yo.ro.shi.ku.o.ne.ga.i.shi.ma.su
我叫Thumb。請多多指教。

Muro
此方こそ、よろしくお願いします。
ko.chi.ra.ko.so.yo.ro.shi.ku.o.ne.ga.i.shi.ma.su
彼此彼此，請指教。

早速だけど、どうしてこの体験に応募したいと思ったんですか？
sa.s.so.ku.da.ke.do.do.o.shi.te.ko.no.ta.i.ke.n.ni.o.o.bo.shi.ta.i.to.o.mo.t.ta.n.de.su.ka
言歸正傳，為什麼想到要應徵這個體驗打工呢？

Thumb
オシャレな店でバイトをするのが夢なんです！
o.sha.re.na.mi.se.de.ba.i.to.o.su.ru.no.ga.yu.me.na.n.de.su
能在時髦的店打工是我的夢想！

やっと巡り合えたチャンスなんで、是非、センスを磨きたいと思って。
ya.t.to.me.gu.ri.a.e.ta.cha.n.su.na.n.de.ze.hi se.n.su.o.mi.ga.ki.ta.i.to.o.mo.t.te
好不容易遇上這個難得的機會，我一定要好好琢磨一下品味。

Muro 年齢制限はありますが、１８歳以上が条件です。
ne.n.re.i.se.i.ge.n.wa.a.ri.ma.su.ga.ju.u.ha.s.sa.i.i.jo.o.ga.jo.o.ke.n.de.su
我們有年齡限制，條件是18歲以上。

Thumb はい！僕はもう「永遠の１８歳」です！
ha.i.bo.ku.wa.mo.o.e.i.e.n.no.ju.u.ha.s.sa.i.de.su
沒問題！我已經是「永遠的18歲」了！

Muro そ、そ、そうですか……それはよかったですね……(汗)
so.so.so.o.de.su.ka.so.re.wa.yo.ka.t.ta.de.su.ne
是、是、是嗎……那真是太好了啊……（汗）

とりあえず時給は千円、日払いになりますけど、大丈夫ですか？
to.ri.a.e.zu.ji.kyu.u.wa.se.n.e.n.hi.ba.ra.i.ni.na.ri.ma.su.ke.do.da.i.jo.o.bu.de.su.ka
總之時薪一千元日幣，採當日結算，有沒有問題？

Thumb あの〜バイト中に食事は出ますか？
a.no.o.ba.i.to.chu.u.ni.sho.ku.ji.wa.de.ma.su.ka
那個〜請問打工中有附伙食嗎？

Muro お昼にまかないが出ますよ！
o.hi.ru.ni.ma.ka.na.i.ga.de.ma.su.yo
中午有附員工餐喔！

Thumb 良かった！僕、お腹が空くと頭が回らなくなるので……すみません！
yo.ka.t.ta.bo.ku.o.na.ka.ga.su.ku.to.a.ta.ma.ga.ma.wa.ra.na.ku.na.ru.no.de.su.mi.ma.se.n
太好了！因為我這個人肚子一餓腦筋就不靈光了……歹勢！

Muro あはは! 君って少しおかしいけど面白いヤツだね!
a.ha.ha.ki.mi.t.te.su.ko.shi.o.ka.shi.i.ke.do.o.mo.shi.ro.i.ya.tsu.da.ne
啊哈哈！你這傢伙有點怪但是還挺有趣的嘛！

しょうがない、気に入った!期待してますから頑張って!
sho.o.ga.na.i.ki.ni.i.t.ta.ki.ta.i.shi.te.ma.su.ka.ra ga.n.ba.t.te
沒辦法，誰教我欣賞你！期待你的表現，加油！

Thumb はい、一生懸命頑張ります!
ha.i.i.s.sho.o.ke.n.me.i.ga.n.ba.ri.ma.su
謝謝！我會拚命的！

⚙ 單字拼盤 ⚙

こちら **此方こそ** ko.chi.ra.ko.so	彼此彼此

さっそく **早 速** sa.s.so.ku	馬上 立刻

たいけん **体 験** ta.i.ke.n	體 驗

おう ぼ **応 募** o.o.bo	應 徵

バイト ba.i.to	打 工

それに so.re.ni	而 且

き かい **機 会** ki.ka.i	機 會

じ きゅう **時 給** ji.kyu.u	時 薪

ひ ばら **日払い** hi.ba.ra.i	日 付

ねん れい **年 齢** ne.n.re.i	年 齡

せい げん **制 限** se.i.ge.n	限 制

じょう けん **条 件** jo.o.ke.n	條 件

い じょう **以 上** i.jo.o	以 上

食事
sho.ku.ji
伙 食

お昼
o.hi.ru
午 餐

まかない
ma.ka.na.i
員工餐

お腹
o.na.ka
肚 子

空く
su.ku
餓、空

あはは
a.ha.ha
啊哈哈

おかしい
o.ka.shi.i
奇 怪

面白い
o.mo.shi.ro.i
有 趣

ヤツ
ya.tsu
傢 伙

気に入った
ki.ni.i.t.ta
中 意

一生懸命
i.s.sho.o.ke.n.me.i
拚 命

応援追跡物語 ★

❀ 必勝！激生完美句型 ❀

▶ 名詞+だけど　　　　　　（轉換語氣的開場白）

這是「名詞+ですけれど」的口語表現，在文章中較少使用，屬於口語化句型。作為接下來表述內容的開場白，並且為後面的敘述內容説明、註解，也提供説話者一個簡短的語氣轉折空間。

1 失礼 (しつれい) だけど、帰 (かえ) ってください！
shi.tsu.re.i.da.ke.do.ka.e.t.te.ku.da.sa.i
很抱歉，請你回去！

2 悪 (わる) いんだけど、ほっといてもらえますか？
wa.ru.i.n.da.ke.do.ho.t.to.i.te.mo.ra.e.ma.su.ka
非常不好意思，可以不要來煩我嗎？

3 残念 (ざんねん) だけど、不合格 (ふごうかく) です。
za.n.ne.n.da.ke.do.fu.go.o.ka.ku.de.su
很遺憾，結果是不合格。

▶ やっと　　　　　　　　　終於、好不容易

表示經過一番艱苦努力或長時間後，説話者期待已久的事終於實現，同時也透露出當事人的喜悦、鬆了一口氣，或者有費時、不得了的心情，千萬注意只能用在説話者所盼望的事情上！

1 やっと見 (み) つけた！
ya.t.to.mi.tsu.ke.ta
終於找到啦！

2 やっと彼女ができました。
ya.t.to.ka.no.jo.ga.de.ki.ma.shi.ta
好不容易交到女朋友了。

3 やっと完成した。
ya.t.to.ka.n.se.i.shi.ta
好不容易終於完成了。

しょうがない   沒辦法、沒輒

　　這是一個非常口語的説法，表示沒辦法、束手無策的意思，也可以表示非常為難，しょうがない可以説是當處於放棄狀態、兩手一攤時的最佳用語。

1 しょうがない子ね、泣くな！
sho.o.ga.na.i.ko.ne.na.ku.na
這孩子真是的，不准哭！

2 しょうがない、よし、付き合おう！
sho.o.ga.na.i.yo.shi.tsu.ki.a.o.o
真拿你沒輒，好吧，來交往吧！

3 短気だからしょうがないよ。
ta.n.ki.da.ka.ra.sho.o.ga.na.i.yo
沒辦法誰教他沉不住氣呢！

V-Ⅲ 一日店員

星期六的原宿地區到處都是人，初試啼聲的Thumb大膽選在週末體驗「一日店員」，為此還在家裡猛啃雜誌，打算與店裡的客人比畫過招！

✿ 普普風定番会話 ✿

Thumb **いらっしゃいませ！**
i.ra.s.sha.i.ma.se
歡迎光臨！

春夏物はセールなんで、お安くなっていますよ。
ha.ru.na.tsu.mo.no.wa.se.e.ru.na.n.de.o.ya.su.ku.na.t.te.i.ma.su.yo
春夏裝下折扣，變得相當便宜喔。

顧客 **あの〜 今年流行のチノパンってありますか？**
a.no.o.ko.to.shi.ha.ya.ri.no.chi.no.pa.n.t.te.a.ri.ma.su.ka
請問～有沒有今年流行的美式復刻版卡其褲呢？

Thumb **申し訳ございませんが、チノパンは全部売り切れなんです。**
mo.o.shi.wa.ke.go.za.i.ma.se.n.ga.chi.no.pa.n.wa.ze.n.bu.u.ri.ki.re.na.n.de.su
非常抱歉，復刻版卡其褲全部銷售一空了。

今年の春夏は、アメリカントラッドがトレンドですから……
ko.to.shi.no.ha.ru.na.tus.wa.a.me.ri.ka.n.to.ra.d.do.ga.to.re.n.do.de.su.ka.ra
因為今年春夏走美式傳統風格流行趨勢……

美式復刻版卡其褲

人気グループNEWSをイメージキャラクターに起用した「RUSS-K」
とかは特に売れてます。

ni.n.ki.gu.ru.p.pu.nyu.u.su.o.i.me.e.ji.kya.ra.ka.ta.a.ni.ki.yo.o.shi.ta.ru.u.
zu.ke.i.to.ka.wa.to.ku.ni.u.re.te.ma.su

像起用人氣團體NEWS為代言人的品牌「RUSS-K」就特別暢銷。

顧　客　知ってる知ってる!山下智久だっけ?番組でよく着るよね。

shi.t.te.ru.shi.t.te.ru.ya.ma.shi.ta.to.mo.hi.sa.da.k.ke.ba.n.gu.mi.de.
yo.ku.ki.ru.yo.ne

我知道我知道！是不是叫山下智久來著的？他在節目中常穿嘛。

Thumb　裾をくるぶし丈にするのは、今年はめちゃくちゃ流行ると思
いますよ!

su.so.o.ku.ru.bu.shi.ta.ke.ni.su.ru.no.wa.ko.to.shi.wa.me.cha.ku.cha.ha.ya.
ru.to.o.mo.i.ma.su.yo

我認為剪裁至腳踝左右的褲襬長度，在今年會非常流行喔！

顧　客　だね。あとは蝶タイでタイドアップするのも重要なポイントに
なるんじゃないかな?

da.ne.a.to.wa.cho.o.ta.i.de.ta.i.do.a.p.pu.su.ru.no.mo.ju.u.yo.o.na.
po.i.n.to.ni.na.ru.n.ja.na.i.ka.na

是啊。還有打上蝴蝶領結的領帶裝也會成為造型重點吧？

Thumb　まさにその通りです!色は淡いイエロー、ブルーが流行色
ですよね?

ma.sa.ni.so.no.to.o.ri.de.su.i.ro.wa.a.wa.i.i.e.ro.o.bu.ru.u.ga.ryu.u.ko.o.sho.
ku.de.su.ne

您所説的正是！那麼淡黃、藍色是流行色囉？

顧　客　ただし、秋冬にはグレーが流行ますよ!
ta.da.shi.a.ki.fu.yu.ni.wa.gu.re.e.ga.ha.ya.ri.ma.su.yo
但是，秋冬則是會流行灰色喔!

Thumb　本当ですか?それはさすがに知りませんでした!
ho.n.to.o.de.su.ka.so.re.wa.sa.su.ga.ni.shi.ri.ma.se.n.de.shi.ta
真的嗎？這個我就真的不知道了!

顧　客　わざわざありがとうね。マジで楽しかった!
wa.za.wa.za.a.ri.ga.to.o.ne.ma.ji.de.ta.no.shi.ka.t.ta
謝謝你特別跟我討論。超開心的!

今度また来るから、バイト頑張ってね。
ko.n.do.ma.ta.ku.ru.ka.ra.ba.i.to.ga.n.ba.t.te.ne
我下次會再來，你打工加油囉。

Thumb　こちらこそ勉強になりました。ありがとうございます。またお
越しください!
ko.chi.ra.ko.so.be.n.kyo.o.ni.na.ri.ma.shi.ta.a.ri.ga.to.o.go.za.i.ma.su.ma.ta.
o.ko.shi.ku.da.sa.i
我才是獲益匪淺。謝謝您。歡迎再度光臨!

⚙ 單字拼盤 ⚙

いらっしゃいませ
i.ra.s.sha.i.ma.se　歡迎光臨

はる なつ もの
春夏物
ha.ru.na.tsu.mo.no　春夏裝

セール
se.e.ru　打折

チノパン
chi.no.pa.n　美式復刻版卡其褲（又稱Chino褲）

はる
春
ha.ru　春

なつ
夏
na.tsu　夏

あき
秋
a.ki　秋

ふゆ
冬
fu.yu　冬

アメリカン
a.me.ri.ka.n　美國的 美式

トラッド
to.ra.d.do　傳統

トレンド
to.re.n.do　趨勢

イメージキャラクター
i.me.e.ji.kya.ra.ku.ta.a　代言人

きょう
起用
ki.yo.o　起用

やましたともひさ
山下智久
ya.ma.shi.ta.to.mo.hi.sa
山下智久
（傑尼斯偶像團體NEWS成員）

ばんぐみ
番組
ba.n.gu.mi
節目

すそ
裾
su.so
褲襬

たけ
くるぶし丈
ku.ru.bu.shi.ta.ke
貼近腳踝的褲襬長度

ちょう
蝶タイ
cho.o.ta.i
蝴蝶領結

タイドアップ
ta.i.do.a.p.pu
繫領帶造型

じゅうよう
重要
ju.u.yo.o
重要

ポイント
po.i.n.to
點、數重點

あわ
淡い
a.wa.i
淡、淺

イエロー
i.e.ro.o
黃色

ブルー
bu.ru.u
藍色

グレー
gu.re.e
灰色

わざわざ
wa.za.wa.za
特別特意

こ
お越しください
o.ko.shi.ku.da.sa.i
光臨

❀ 必勝！激生完美句型 ❀

◉ 名詞+だ(だった)っけ　　是不是……來著？

　　這也是個非常口語形式的句型，當自己記不清楚，而要向對方確認、或當一個人自言自語確認狀況時，用它就對了！

1　「のだめカンタービレ」だっけ? 面白いよね。
no.da.me.ka.n.ta.a.bi.re.da.k.ke.o.mo.shi.ro.i.yo.ne
是不是叫「交響情人夢」來著的？內容很有趣呢！

2　あの人、赤坂さんだっけ?
a.no.hi.to.a.ka.sa.ka.sa.n.da.k.ke
那個人是不是叫赤坂來著？

3　あの番組のタイトルはなんだったっけ?
a.no.ba.n.gu.mi.no.ta.i.to.ru.wa.na.n.da.t.ta.k.ke
那個節目名稱叫什麼來著？

◉ まさに　　　　　　　　　真正、確實、正是

　　原本是較為生硬的書面語，應用於口語時，則帶有誇張的感覺，表示「確實是」、「真的」、「有夠」！

1　まさにその通りだ。
ma.sa.ni.so.no.to.o.ri.da
確實是這樣。

2　まさに一石二鳥だ。
ma.sa.ni.i.s.se.ki.ni.cho.o.da
真是一舉兩得。

③ これはまさに人生ゲームだ。
ko.re.wa.ma.sa.ni.ji.n.se.i.ge.e.mu.da
這可真是人生遊戲。

▶ わざわざ　　　　　　　特意

充滿善意的完美句型，除了表示專門為了某件事而做之外，還表示出於好意、擔心才做。非常適合向對方表達自己有多麼感激時使用，記住別人的好忘記他人的壞吧！

① わざわざ会いにきてくれて、ありがとうね。
wa.za.wa.za.a.i.ni.ki.te.ku.re.te.a.ri.ga.to.o.ne
謝謝你特別來看我。

② おじいちゃんは僕の忘れ物をわざわざ届けてくれた。
o.ji.i.cha.n.wa.bo.ku.no.wa.su.re.mo.no.o.wa.
za.wa.za.to.do.ke.te.ku.re.ta
爺爺特地將我忘記的東西送來。

③ わざわざ言うことじゃないと思う。
wa.za.wa.za.i.u.ko.to.ja.na.i.to.o.mo.u
我認為這話沒必要特別説。

V-IV 特典一

G&A發騷珍格言の卷☆彡

蘿莉G：
血拚！血拚！YA！血流成河也要拚！
你想想表參道、原宿、涉谷整圈有多好逛？！數不清有多少
既酷又時尚的個性商店、國際精品、個性古著……應有盡
有，根本就是「敗家樂園」！

ATSUO：
表參道可說是世界品牌旗艦店的大本營！LV、Dior、GUCCI、CHANEL、
PRADA、CELINE、TOD's、ARMANI、Cartier、Chloe、BURBER-
RY等，或許不是每個人都買得起，但這些充滿設計感的建築外觀，也可以當
作精緻的藝術品欣賞！
聽說，從前的表參道，其實是典型住宅區，在這些國際品牌的造型建築相繼
落成後，加上兩年前建築大師安藤忠雄將80年前日本第一座鋼筋水泥公寓「
同潤館」，改建為建築藝術作品「表參道之丘」，累積成今日的風貌！

安藤忠雄的「表參道之丘」

表參道是世界品牌旗艦店的大本營

蘿莉G：
不僅如此，在這一區的店員也都是超級時髦打扮，是酷哥帥妹們爭相模仿的最佳對象呢！
像有些被女高校生奉為時尚教主的流行服飾店員，條件和明星模特兒根本沒兩樣，也是雜誌媒體搶破頭要採訪的「素人」哩！
我最欣賞的是moussy、SLY的店員！聽說她們在通過一連串篩選後，還得接受認識品牌、裝髮造型的特訓，才能正式上場，就像店裡的「活動式模特兒」般亮麗閃眼，身上的穿著打扮等於是最佳的造型示範！
就像當年EGOIST渋谷109店人氣教主店員～森本容子，現在可是亞洲辣妹必敗的moussy社長兼設計師呢！當時她還只是高中畢業沒多久的小店員，竟然能夠締造每日千萬的傳奇銷售業績，實在太神奇了！後來森本社長還發揮自己對流行的品味和敏感，創立自家品牌moussy、SLY、KariAng等熱燒全亞洲！

表參道的時尚藝術無所不在

ATSUO：
確實，跟這些「潮人教主店員」聊天也可以學到不少東西。
像我的一些店員朋友都可以稱為「時尚宅男、宅女」，他們對於流行熱中的程度可真是令人咋舌，喜歡就會想要追根究柢，無所不知，難怪現在是「宅人」活躍的時代。
看來我們Thumb經過變髮成功，結交志同道合的舞者朋友後，對於流行時尚好像也敏感了起來。希望接下來能成功琢磨出型男的內在美囉！

V-V 特典二
時尚精品一番研究所：大品牌小故事

偶像最愛：GARCIA MARQUEZ狗頭包正熱燒

　　走在東京流行街頭，絕對會看到許多提著GARCIA MARQUEZ包的時髦靚女，這個充滿藝術與流行感的視覺系狗頭包，深受眾多日本潮流人士與年輕偶像藝人喜愛，不論是歌姬米希亞、女帝加藤ROSA、芭蕾女優栗山千明、人氣模特兒演員吉川雛乃、甚至連世界足球界的巨星中田英壽，也都是狗頭包愛用者；電影、唱片、流行雜誌都愛跟他們合作，特別是日本美眉養成訓練秘笈的《ViVi》、《CanCan》、《裝苑》，幾乎每期都有大篇幅專題報導，說GARCIA MARQUEZ狗頭包＝潮人必備武器真的一點也不誇張！

　　這個在台灣還屬於新生兒階段卻已經爆紅的新興品牌，其實在日本已經創立9年。GARCIA MARQUEZ以法國性感女歌姬Jane Birkin的衣櫥為品牌設計概念，崇尚歐洲復古風潮，推出的包款系列，也刻意和法國貼近關係，如法國的地名或是咖啡店的名字等等，商品的設計和Jane Birkin本人一樣，充滿豔麗和性感，擁有讓人瞧過一眼就無法忘懷的特殊魅力。

　　值得一提的是，同樣備受矚目的副牌2deux avril，則是以Jane Birkin的丈夫，同時也是法國流行音樂史上的重要歌手Serge Gainsbourg最愛的女人：Jane Birkin & Brigitte Bardot為設計理念，以歐洲的浪漫休閒為主題，特別將當地女性的優雅風範獨立出線，時尚的奢華結合60年代的流行氣息，造就輕便與精緻的完美設計，而2deux avril＝法文的4月2日也是Serge Gainsbourg的生日，和正牌GARCIA MARQUEZ比較起來，顯得更加成熟嫵媚。

狗頭包主角HIPPIE&BEACH
照片提供：SFA

　談到狗頭包的人氣秘密，首推兩隻古靈精怪的波士頓梗犬HIPPIE＆BEACH！他們是GARCIA MARQUEZ石丸社長的愛犬，漂亮美眉HIPPIE的頭上有圈圓點，睫毛彎彎長長嬌媚俏麗！堂堂男子漢BEACH則像個梳個旁分西裝頭，帶著眼罩的蒙面俠，吐舌耍酷功夫一流！正因為HIPPIE＆BEACH的狗頭圖案辨識度超高，加上鮮豔到令人無法忽視的配色、充滿繽紛華麗感印花和正、反兩面都可使用的環保防水尼龍材質、大容量的超貼心設計，特別標榜絕對Made in Japan＋限量發行。除此之外，GARCIA MARQUEZ亦與許多新銳藝術家、設計師、藝人明星合作發想新款，大大增添品牌知性趣味的藝術感，嶄新的個性觸角延伸至音樂、體育、文化等領域後，於2007年9月正式將品牌名稱更改為クリスタルボール＝Crystal Ball，而由Garcia Marquez gauche Inc. 領導的新品牌「mimo」，亦於同年9月底在東京原宿正式登場，同時意味著クリスタルボール將憑藉著過往對於流行與藝術的敏銳觸感，登上另一階段不凡的創作殿堂！

☆クリスタルボールの藝術家系列

★Jeremy Scott★

　以搞怪出名的紐約設計師Jeremy Scott，利用攝影為創作靈感來源，不斷地在時尚、藝術、電影與音樂領域中嶄露頭角。天馬行空的創作天分促使他設計一大堆古靈精怪服飾，各大品牌如adidas、Longchamp、TRUSSARDI等都爭相招手合作，所推出的限量合作款更是成為時尚界的震撼話題。

Jeremy Scott聯名款　照片提供：SFA

★Sara Swash＋山中聰男＝SWASH★
「SWASH」由瑞典籍Sara Swash加上日本的山中聰男等兩位新銳設計師共同創立。以充滿詼諧的印花及趣味設計引起時尚圈的注目。發表一系列超越創意的設計——可雙人穿著的服裝、單車服……等，同時也參與許多藝術企畫和聯名合作款的設計。

SWASH聯名款　照片提供：SFA

★山縣良和★
　　2005年畢業於倫敦著名聖馬丁設計學院。參加許多展覽會以及雜誌的藝術合作，大多以童話故事為題材，滿載純真與童趣。

山縣良和聯名款　照片提供：SFA

店舗情報：
クリスタルボール表參道本店
東京都 渋谷区神宮前4-11-15シナモンオークB1
TEL／FAX：03-5414-2288
営業時間：12:00〜20：00 不定休

クリスタルボール台北門市
臺北市中山北路二段20巷2號1F
TEL：02-25315290

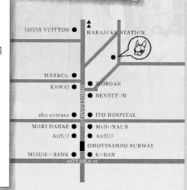

店舗情報：
mimo.原宿本店
東京都渋谷区神宮前3-21-20
TEL：03-5772-6033
営業時間：平日12：00〜20：00
日・祝日12：00〜19：00

CHAPTER.VI
午後
Café
的
邂逅

一個不慌不忙的午後，溫暖和煦的陽光靜謐地灑落在下北澤咖啡古舖的某個小角落，伴隨著舒伯特的鱒魚五重奏樂聲響起，Thumb遇上都會情人Yui，譜出他這次星夢之旅的驚喜篇章──戀曲2008春浪漫……且看日男戀愛步術有啥高招？

VI-I 發現下北澤正妹

❖ 普普風定番会話 ❖

Thumb
<ruby>初<rt>はじ</rt></ruby>めまして、Thumbと<ruby>言<rt>い</rt></ruby>いますが、<ruby>突<rt>とつ</rt></ruby><ruby>然<rt>ぜん</rt></ruby>すみません!
ha.ji.me.ma.shi.te.sa.mu.to.i.i.ma.su.ga.to.tsu.ze.n.su.mi.ma.se.n
初次見面，我叫Thumb，抱歉突然打擾！

Yui
……ん？<ruby>何<rt>なに</rt></ruby>かご<ruby>用<rt>よう</rt></ruby>？キャッチならお<ruby>断<rt>ことわ</rt></ruby>りですよ!
n.na.ni.ka.go.yo.o.kya.c.chi.na.ra.o.ko.to.wa.ri.de.su.yo
……嗯？有什麼事嗎？本人謝絕推銷喔！

Thumb
いや、そのバッグ<ruby>可愛<rt>かわい</rt></ruby>いなって、<ruby>思<rt>おも</rt></ruby>って……
i.ya.so.no.ba.g.gu.ka.wa.i.i.na.t.te.o.mo.t.te
啊，覺得小姐妳那個包包很可愛……

とっても<ruby>個性<rt>こせい</rt></ruby><ruby>的<rt>てき</rt></ruby>で、オシャレな<ruby>方<rt>かた</rt></ruby>みんな<ruby>持<rt>も</rt></ruby>ってるみたいですね?!
to.t.te.mo.ko.se.i.te.ki.de.o.sha.re.na.ka.ta.mi.n.na.mo.t.te.ru.mi.ta.i.de.su.ne
似乎有個性又時髦的人都擁有這種包噢？！

日男搭訕守則I：專從獵物身旁人、事、物下手投注褒迂迴戰術法！

Yui
えっ?! ガルシアマルケス<ruby>知<rt>し</rt></ruby>らないなんて、<ruby>今<rt>いま</rt></ruby>どきそんな<ruby>人<rt>ひと</rt></ruby>もういないはずだよ!
e.ga.ru.shi.a.ma.ru.ke.su.shi.ra.na.i.na.n.te.i.ma.do.ki.so.n.na.hi.to.
mo.o.i.na.i.ha.zu.da.yo
什麼？！不曉得GARCIA MARQUEZ狗頭包的人，現在應該已經不存在了呀！

Thumb　ごめんなさい!僕はシンガーを目指して、上京したばっかりなんで……
go.me.n.na.sa.i.bo.ku.wa.shi.n.ga.a.o.me.za.shi.te.jo.o.kyo.o.shi.ta.ba.k.ka.ri.na.n.de
對不起！因為我以當歌手為目標，剛上來東京沒多久……

日男搭訕守則 II：言談行進間，伺機強調身分特殊搏取認同法！

Yui　上京したてかぁ……なるほど、それは知らないのも無理がないね。
jo.o.kyo.o.shi.ta.te.ka.a.na.ru.ho.do.so.re.wa.shi.ra.na.i.no.mo.mu.ri.ga.na.i.ne
東京新手啊……原來如此，這就難怪你不知道囉。

丁度週末に、限定発売されるバッグを買いに行くから……
cho.o.do.shu.u.ma.tsu.ni.ge.n.te.i.ha.tsu.ba.i.sa.re.ru.ba.g.gu.o.ka.i.ni.i.ku.ka.ra
剛好這週末，我要去買限量發售的包包……

そちらの都合さえ合えば、連れてってあげてもいいわよ。
so.chi.ra.no.tsu.go.o.sa.e.a.e.ba.tsu.re.te.t.te.a.ge.te.mo.i.i.wa.yo
你如果剛好方便，是可以順便帶你去啦！

Thumb　本当に?!それなら是非ご一緒させてください!
ho.n.to.o.ni.so.re.na.ra.ze.hi.go.i.s.sho.sa.se.te.ku.da.sa.i
真的嗎？！如果是這樣，那麼請務必讓我同行！

ところで、お名前はまだ伺ってませんが……
to.ko.ro.de.o.na.ma.e.wa.ma.da.u.ka.ga.t.te.ma.se.n.ga
話說回來，我還沒有請教您的大名是……

日男搭訕守則Ⅲ：無論腦子裡打的什麼主意，問名字時絕對要有禮貌！

Yui あら失礼！もっと早く言うべきだったわ！
a.ra.shi.tsu.re.i.mo.t.to.ha.ya.ku.i.u.be.ki.da.t.ta.wa
哎呀真是失禮！我應該早點說滴ㄚ！

初めまして、ガルシアファンのYuiです。よろしくね
ha.ji.me.ma.shi.te.ga.ru.shi.a.fa.n.no.yu.i.de.su.yo.ro.shi.ku.ne
初次見面，我是GARCIA愛用者的Yui。請多多指教。

Thumb ユイちゃんか！可愛い名前ですね！
yu.i.cha.n.ka.ka.wa.i.i.na.ma.e.de.su.ne
原來妳叫Yui噢！好可愛的名字耶！

日男搭訕守則Ⅳ：一句「可愛い」不限時無限量24小時全天候供應！

Yui もう！今度は名前が可愛いの？調子いいんだから～！
mo.o.ko.n.do.wa.na.ma.e.ga.ka.wa.i.i.no.cho.o.shi.i.i.n.da.ka.ra.a
哦！這回又變成名字可愛嘍？真是愛耍嘴皮子～！

❀ 單字拼盤 ❀

はじ
初めまして　　　初次見面
ha.ji.me.ma.shi.te

とつ ぜん
突然　　　　　　突然
to.tsu.ze.n

よう
ご用　　　　　　事情
go.yo.o

キャッチ　　　　推銷
kya.c.chi

ことわ
お断り　　　　　拒絕
o.ko.to.wa.ri

じゅん すい
純粋　　　　　　純粹
ju.n.su.i

ナンパ　　　　　搭訕
na.n.pa

こ せい てき
個性的　　　　　有個性的
ko.se.i.te.ki

も
持ってる　　　擁有
mo.t.te.ru　　　提、拿

みたい　　　　　似乎
mi.ta.i　　　　　好像

ガルシアマルケス　GARCIA
ga.ru.shi.a.ma.ru.ke.　MARQUEZ
su　　　　　　　（狗頭包品牌）

じょう きょう
上京したて　　　剛到東京
jo.o.kyo.o.shi.ta.te

なるほど　　　　原來如此
na.ru.ho.do

知らない	不知道	無理	沒辦法
し 知らない shi.ra.na.i	不知道	む り 無理 mu.ri	沒辦法

| ちょう ど
丁度
cho.o.do | 剛 好 | しゅう まつ
週末
shu.u.ma.tsu | 週 末 |

| げん てい はつ ばい
限定発売
ge.n.te.i.ha.tsu.ba.i | 限定發售 | つ ごう
都合
tsu.go.o. | 狀 況 |

| さえ
sa.e | 只要…… | あ
合えば
a.e.ba | 符 合 |

| それなら
so.re.na.ra | 如果這樣
的話 | まだ
ma.da | 尚 未 |

| あら
a.ra | 哎 呀 | しつ れい
失礼
shi.tsu.re.i | 失 禮 |

| べき
be.ki | 應 該 | な まえ
名前
na.ma.e | 名 字 |

✿ 必勝！激生完美句型 ✿

▶ さえ……ば　　　　　　　只要……就……

這是表示心情的完美句型，表示只要某事、某狀況能實現就滿足了，其他的都是小問題、沒必要、沒關係，就好比鄧麗君小姐的「我只在乎你」的心情呢！

1 あなたさえいれば、私（わたし）は満足（まんぞく）です。
a.na.ta.sa.e.i.re.ba.wa.ta.shi.wa.ma.n.zo.ku.de.su
只要擁有你我就滿足了。

2 ちゃんと勉強（べんきょう）さえすれば、大丈夫（だいじょうぶ）ですよ。
cha.n.to.be.n.kyo.o.sa.e.su.re.ba.da.i.jo.o.bu.de.su.yo
只要好好用功就不會有問題啦。

3 音楽（おんがく）さえあれば、生（い）きていける。
o.n.ga.ku.sa.e.a.re.ba.i.ki.te.i.ke.ru
只要有音樂就能活下去。

▶ ……べきだった　　　　　　當時、剛剛應該

又一句表示心情的完美句型，詮釋說話者在陳述事情時，自己後悔、反省心情。不論是正式書面文章或日常口語會話，皆可使用喔！

1 あんな男（おとこ）、早（はや）く分（わ）かれるべきだった。
a.n.na.o.to.ko.ha.ya.ku.wa.ka.re.ru.be.ki.da.t.ta
那種男人，早就該分手了。

2 あのとき、買っておくべきだった。

a.no.to.ki.ka.t.te.o.ku.be.ki.da.t.ta

那個時候買下來就好了。

3 あなたを愛すべきだった。

a.na.ta.o.a.i.su.be.ki.da.t.ta

早知道我應該愛你的。

◉ 句尾+わ　　　　　　　啦、啊、呀

女性專用完美口語句型，表示自己的主張、決心、判斷等語氣，把放在句尾可以使語氣柔和、俏皮、可人わ！

1 もう〜嫌だわ!

mo.o.i.ya.da.wa

吼〜煩啦！

2 私も恋人が欲しいわ!

wa.ta.shi.mo.ko.i.bi.to.ga.ho.shi.i.wa

我也想要戀人啊！

3 心が痛いわ!

ko.ko.ro.ga.i.ta.i.wa

心真痛呀！

VI-II 初次約會匍匐前進

男生無論怎麼裝酷耍帥，總是會被女生一眼看穿，戀愛偏差值超低的愛情低能兒Thumb到底該如何應付好不容易等到的約會呢？戀愛中的日本型男、美眉，都在說著哪些夢幻愛情術語哩？且聽初次約會各懷鬼胎的曖昧雜談……（>////<）（羞）

✿ 普普風定番会話 ✿

Thumb
きょう かっこう かわい さそ
今日の格好も可愛いね!また誘ってもいいですか?
kyo.o.no.ka.k.ko.mo.ka.wa.i.i.ne.ma.ta.sa.so.t.te.mo.i.i.de.su.ka
今天的打扮也很可愛呢！我可以再約妳出來嗎？

えいが み い やけい ところ
映画でも観に行かない?それか、夜景のきれいな所でもいいしさ!
e.i.ga.de.mo.mi.ni.i.ka.na.i.so.re.ka.ya.ke.i.no.ki.re.i.na.to.ko.ro.de.mo.i.i.shi.sa
要不要去看電影呢？還是，夜景很美的地方也行哦！

Yui
わたし み えいが いっしょ い
私、見たい映画があるんだ! 一緒に行かない?
wa.ta.shi.mi.ta.i.e.i.ga.ga.a.ru.n.da.i.s.sho.ni.i.ka.na.i
我有想看的電影耶！要不要一起去？

Thumb
い い そら ばくだん ふ い
行く行く!たとえ空から爆弾が降ってきても行く!
i.ku.i.ku.ta.to.e.so.ra.ka.ra.ba.ku.da.n.ga.fu.t.te.ki.te.mo.i.ku
去去我去！就算天空下炸彈我也要去！

かれし
って、ところで、ユイちゃんって彼氏とかいたりするの?
t.te.to.ko.ro.de.yu.i.cha.n.t.te.ka.re.shi.to.ka.i.ta.ri.su.ru.no
呃嗯，話又說回來，Yui漿妳有男朋友嗎？

Yui
え～いないよ! 実はフリーなの……Thumbさんはどう? 彼女いる?
e.e.i.na.i.yo.ji.tsu.wa.fu.ri.i.na.no.sa.mu.sa.n.wa.do.o.ka.no.jo.i.ru
欸～沒有啊！其實我是自由身耶……Thumb你呢？有女朋友嗎？

Thumb
まさか!だって東京に出て来たばっかりだし、こう見えてもピュアなんだよ!
ma.sa.ka.da.t.te.to.o.kyo.o.ni.de.te.ki.ta.ba.k.ka.ri.da.shi.ko.o.mi.e.te.mo.pu.a.na.n.da.yo
怎麼可能！我才剛到東京，而且別看我這樣我可是單純得很呢！

Yui
え～! 本当かな? 男の人ってみんなそう言うんだもん!
e.e.ho.n.to.o.ka.na.o.to.ko.no.hi.to.t.te.mi.n.na.so.o.i.u.n.da.mo.n
哼～！真的嗎？男人都嘛這樣說囉！

Thumb
本当だって、じゃあ信じてもらえるまで、毎日電話していい?
ho.n.to.o.da.t.te.ja.a.shi.n.ji.te.mo.ra.e.ru.ma.de.ma.i.ni.chi.de.n.wa.shi.te.i.i
拜託是真的啦！那直到妳相信為止，我每天打電話給妳好嗎？

Yui
もう～! 大げさなんだから～。でも……メールくれたら嬉しいな。
mo.o.o.o.o.ge.sa.na.n.da.ka.ra.a.de.mo.me.e.ru.ku.re.ta.ra.u.re.shi.na
哎喲～！真的很愛誇張耶～。不過……如果你傳媚兒給我的話我會很開心て。

私からもしていいかな? 逢いたい時とか……
wa.ta.shi.ka.ra.mo.shi.te.i.i.ka.na.a.i.ta.i.to.ki.to.ka
我應該也可以傳給你吧？諸如想你的時候之類的……

Thumb
しゅ、しゅきあり!これってほぉーりんらぶデスか?(のだめ風)
shu.shu.ki.a.ri.ko.re.t.te.ho.o.o.ri.n.ra.bu.de.su.ka.
有、有機可乘！難道這就是所謂陷入愛河嗎？(野田妹風)

メメメ、メールも電話も、ユイちゃんからのなら、いつでも 大 歓
迎 です!
me.me.me.me.e.ru.mo.de.n.wa.mo.yu.i.cha.n.ka.ra.no.na.ra.i.tsu.de.
mo.da.i.ka.n.ge.i.de.su
不管是ㄇㄇㄇ媚兒還是電話,只要是Yui小姐隨時都大歡迎!

Yui　あはは……ありがとう!うれしい!
　　　a.ha.ha.a.ri.ga.to.o.u.re.shi.i
　　　呵呵……謝謝你!我好開心!

★ 情報轟炸G

日劇《交響情人夢》野田妹口頭禪。成天幻想一親千秋王子芳澤的野
田妹,無時不刻都在等著千秋王子銅牆鐵壁般的矜持出現破綻!因為該劇
暴紅,劇中主角的台詞也常出現在年輕男女的對話中。

日劇《交響情人夢》的音樂大學

日劇《交響情人夢》裡千秋野田
妹公寓

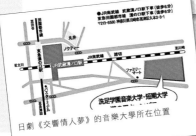
日劇《交響情人夢》的音樂大學所在位置

⚙ 單字拼盤 ⚙

さそ
誘ってもいいですか
sa.so.t.te.mo.i.i.de.su.ka
可以約(你)嗎？

こんど
今度
ko.n.do
下次

えいが
映画
e.i.ga
電影

やけい
夜景
ya.ke.i
夜景

み
見たい
mi.ta.i
想看

い
行く
i.ku
去

そら
空
so.ra
天空

ばくだん
爆弾
ba.ku.da.n
炸彈

かれし
彼氏
ka.re.shi
男友

フリー
fu.ri.i
自由

かのじょ
彼女
ka.no.jo
女友

まさか
ma.sa.ka
怎麼可能

ピュア
pu.a
單純

おとこ 男 o.to.ko	男人

まい にち 毎日 ma.i.ni.chi	每天

おお 大 げさ o.o.ge.sa	誇張

あ 会 いたい a.i.ta.i	想念

とき 時 to.ki	時候

なら na.ra	若是

いつでも i.tsu.de.mo	隨時

だい かんげり 大 歓迎 da.i.ka.n.ge.i.	大歡迎

ラれしい u.re.shi.i	開心

のだめ no.da.me.	野田妹 （日劇《交響情 人夢》女主角）

ち あき 千秋 ch.a.ki	千秋王子 （日劇《交響情 人夢》男主角）

せん ぱい 先 輩 se.n.pa.i	前輩

あめ 雨 a.me	雨

ウロウロ u.ro.u.ro	晃來晃去

☼ 必勝！激生完美句型 ☼

◉ 句尾+もん　　　　　　　因為、由於

超級口語化的完美句型，通常出現在較隨意會話的句尾，表示原因、理由，用來強調自己的正當性。年輕的女孩、小孩使用居多，帶點撒嬌耍賴語氣更道地！

1 だって仕方(しかた)がないもん。
da.t.te.shi.ka.ta.ga.na.i.mo.n
還能說什麼呢？沒辦法嘛！

2 雨(あめ)が降(ふ)ったんだもん。

行(い)けるわけないでしょう。
a.me.ga.fu.t.ta.n.da.mo.n.i.ke.ru.wa.ke.na.i.de.sho.o
下著雨呢，不可能去嘛！

3 女(おんな)の子(こ)だもん。甘(あま)い物(もの)好(ず)きなのは当(あ)

たり前(まえ)でしょう。
o.n.na.no.ko.da.mo.n.a.ma.i.mo.no.no.zu.ki.na.
no.wa.a.ta.ri.ma.e.de.sho.o
人家是女生嘛。
喜歡吃甜的東西是理所當然的呀。

◉ 名詞＋なの(下降語調)　　用輕鬆的語氣表示斷定
　　　　　　　　　　　　　　　　＝是……的。

特別注意、再注意！這個完美口語句型，只有婦女、小孩才能使用喔！

1 のだめは千秋先輩が好きなの!
no.da.me.wa.chi.a.ki.se.n.pa.i.ga.su.ki.na.no
野田妹就是喜歡千秋前輩啦!

2 数学は苦手なの。
su.u.ga.ku.wa.ni.ga.te.na.no
我對數學超棘手。

3 あの人は変態なの、止めときな!
a.no.hi.to.wa.he.n.ta.i.na.no.ya.me.to.ki.na
那人是變態,我勸妳別和他交往吧!

◉ もう+《責難句》　　　　　又……

女性常用的口語式完美句型,無論在句首或句中皆可使用,表示説話者責難對方,且感到無奈的心情,只用於比較隨意的日常會話中,令人充分感受到女性語氣的嬌嗔。

1 お父さんたら、もう……!パンツ一丁でウロウロしないでよ!
o.to.o.sa.n.ta.ra.mo.o.pa.n.tsu.i.c.cho.de.u.ro.
u.ro.shi.na.i.de.yo
爸,你又……!拜託不要只穿一條內褲晃來晃去啦!

2 夫:あっ!また、汚した!
　　a.ma.ta.yo.go.shi.ta
夫:啊!又弄髒了!

妻:もう……
　　mo.o
妻:你看你……

VI-III 接送甜蜜愛情

感情加溫必經過程，就是風雨無阻的──溫馨接送情！切記把握每一次體貼入微的真情演出！

✿ 普普風定番会話 ✿

Yui
下北沢駅までお願いします。
しも きた ざわ えき　　　ねが
shi.mo.ki.ta.za.wa.e.ki.ma.de.o.ne.ga.i.shi.ma.su
麻煩請到下北澤車站。

少し急いでもらえると、助かります。
すこ いそ　　　　　　　　　たす
su.ko.shi.i.so.i.de.mo.ra.e.ru.to.ta.su.ka.ri.ma.su
如果可以稍微幫我趕一下，我會非常感激。

次の交差点を左でお願いします。
つぎ こうさてん ひだり　　ねが
tsu.gi.no.ko.o.sa.te.no.hi.da.ri.de.o.ne.ga.i.shi.ma.su
下一個十字路口左轉。

このまま真っ直ぐ行ってください。
ま すい
ko.no.ma.ma.ma.s.su.gu.i.t.te.ku.da.sa.i
請照這樣一直走。

次の角を右に曲がってください。
つぎ かど みぎ ま
tsu.gi.no.ka.do.o.mi.gi.ni.ma.ga.t.te.ku.da.sa.i
下一個轉角處請右轉。

あの坂を上ってください。
さか のぼ
a.no.sa.ka.o.no.bo.t.te.ku.da.sa.i
麻煩開上那個斜坡。

坂を下り切った所 で止めてください。
sa.ka.o.ku.da.ri.ki.t.ta.to.ko.ro.de.to.me.te.ku.da.sa.i
下斜坡到底後靠邊停。

計程車
司機　分かりました。じゃあ、あの信号の所 で止めますね。
wa.ka.ri.ma.shi.ta.ja.a.a.no.shi.n.go.o.no.to.ko.ro.de.to.me.ma.su.ne
明白了。那麼，就在那個紅綠燈處停車囉。

Yui　この辺で大 丈 夫です。
ko.no.he.n.de.da.i.jo.o.bu.de.su
這附近停就可以。

計程車
司機　はい！ ９ ８０ 円になります。
ha.i.kyu.u.hya.ku.ha.chi.ju.u.e.n.ni.na.ri.ma.su
好的！一共是九百八十元日幣

Thumb　千 円でお願いします。
se.n.e.n.de.o.ne.ga.i.shi.ma.su
一千元日幣給您。

おつりはいいです。領 収 書をもらえますか？
o.tsu.ri.wa.i.i.de.su.ryo.o.shu.u.sho.o.mo.ra.e.ma.su.ka
零錢不用找了。可以給我收據嗎？

計程車
司機　はい。ありがとうございます!忘れ物ないように 気をつけてく
ださいね。
ha.i.a.ri.ga.to.o.go.za.i.ma.su.wa.su.re.mo.no.na.i.yo.o.ni.ki.o.tsu.ke.te.ku.da.sa.i.ne
好的。謝謝您的搭乘！請注意不要忘記隨身物品喔。

Yui 今日 は 色々 とありがとうね。とても 楽 しかったわ♡またね。
kyo.o.wa.i.ro.i.ro.to.a.ri.ga.to.o.ne.to.te.mo.ta.no.shi.ka.t.ta.wa.ma.ta.ne
今天真是謝謝你耶。我玩得好開心呢！再約囉。

Thumb こちらこそ 最 高に 幸 せだったよ!また 会 おうね♡
ko.chi.ra.ko.so.sa.i.ko.o.ni.shi.a.wa.se.da.t.ta.yo.ma.ta.a.o.o.ne
我也覺得超級幸福的啦！下次再見面哦♡

⚙ 單字拼盤 ⚙

しも きた ざわ えき
下 北 沢 駅　　下北澤
shi.mo.ki.ta.za.wa.e.ki.　車站

まで　　　　到、為止
ma.de

すこ
少 し　　　　稍 微
su.ko.shi

つぎ
次　　　　　下一個
tsu.gi.

こう さ てん
交 差 点　　十字路口
ko.o.sa.te.n

ひだり
左　　　　　左
hi.da.ri

まま　　　　原封不動
ma.ma　　　照舊

ま　す
真っ直ぐ　　筆 直
ma.s.su.gu

かど
角　　　　　轉角
ka.do　　　角落

みぎ
右　　　　　右
mi.gi

さか
坂　　　　　斜 坡
sa.ka

のぼ
上ってください　登上
o.no.bo.t.te.ku.da.sa.i　爬上

くだ
下 り　　　　下、降
ku.da.ri

ところ
所 處、地方
to.ko.ro

と
止めてください 請 停
to.me.te.ku.da.sa.i

しん ごう
信 号 紅綠燈
shi.n.go.o

へん
辺 附 近
he.n

きゅうひゃく はち じゅう えん
９ ８ ０ 円 980元
kyu.u.hya.ku.ha.chi.ju.u.e.n 日幣

おつり 找 零
o.tsu.ri

りょう しゅう しょ
領 収 書 収 據
ryo.o.shu.u.sho

わす もの
忘れ物 遺失物品
wa.su.re.mo.no

き
気をつけてください 注 意
ki.o.tsu.ke.te.ku.da.sa.i

しあわ
幸 せ 幸 福
shi.a.wa.se

あ
会 おう 見面吧
a.o.o

✿ 必勝！激生完美句型 ✿

▶ ⋯⋯と＋尚未實現的狀況　　　　　　如果⋯⋯就

　　這個完美句型中的「と」，是以「已經實現」或者「將來有可能實現」的事情為條件，表示「如果A成立時B就成立」。特別要注意的是，在這裡的A屬於尚未發生的事情、狀況，而B則可以是尚未發生或已經實現的事情、狀況，「と」在這裡還具有強調「就整體條件而言，實現度很高」的功用喔！

1 付き合ってくれないと泣くぞ!
tsu.ki.a.t.te.ku.re.na.i.to.na.ku.zo
不跟我交往就哭給你看囉！

2 愛がないと不安です。
a.i.ga.na.i.to.fu.a.n.de.su
沒有愛情就會感到不安。

3 真っ直ぐ行くとトイレがあります
ma.s.su.gu.i.ku.to.to.i.re.ga.a.ri.ma.su
直走過去就會有廁所。

▶ ⋯⋯で　　　　　　　　　　　　　　以、用

　　麻煩的格助詞又出現了！在本章節中就具有表示1.方法、手段；2.狀態；3.場所等至少三種以上的意思，很難明白，就請大家用力搞懂吧！

1 日本語で演説する。
ni.ho.n.go.de.e.n.za.tsu.su.ru
用日語演講。

ふたり　か　もの
2 2人で買い物しよう!
fu.ta.ri.de.ka.i.mo.no.shi.yo.o
兩個人一起去買東西吧！

えきまえ　ま　あ
3 駅前で待ち合わせしましょう!
e.ki.ma.e.de.ma.chi.a.wa.se.shi.ma.sho.o
就約在車站前吧！

◉ この/その/あの＋まま(で)　　就那樣⋯⋯
保持著原狀⋯⋯

　　這個完美句型用來表示原封不動的狀態，當遇到不想改變現在的狀態或狀況不變時，可以多多使用！

1 そのままでけっこうです。
so.no.ma.ma.de.ke.k.ko.de.su
就保持那樣挺好的。

2 あのままほっときましょう!
a.no.ma.ma.ho.t.to.ki.ma.sho.o
就那樣放著不必理會！

3 このままじゃまずいぞ!
ko.no.ma.ma.ja.ma.zu.i.zo
如果一直這樣下去很糟喔！

VI-IV 特典一

G&A發騷珍格言の卷☆彡

蘿莉G：
約會啦約會！緊張緊張緊張！Thumb會不會把人家帶去奇怪的地方啊？（汗汗汗）

ATSUO：
大驚小怪，什麼怎麼辦？靜觀其變囉！那妳自己說說看，妳喜歡去些什麼地方約會呢？

蘿莉G：
我很隨和啦！便宜小咖啡館就超滿足了！日本的咖啡館爆有情調，偶爾也有賣香檳調酒的，情人捉對雙喝起來粉浪漫ㄋ！

ATSUO：
品嚐小酒我也喜歡！不過，原宿的店通常都早早關門，如果時間較晚，建議到涉谷或惠比壽一帶比較優喔！原宿地區還是適合光天化日型約會啦！或者選擇現在年輕人流行的約會景點台場也不錯！

日本的情調咖啡館隨處可見

蘿莉G：
不過，我還是比較喜歡橫濱的港區未來21耶……

ATSUO：
贊成！橫濱我也喜歡！對我們日本人而言，橫濱真的是一個人氣超高超讚的約會聖地呢！總覺得那裡到處充滿了情人間既曖昧又可愛的氣氛。
說到橫濱港區未來21的定番約會行程就是：先直奔日本最高的橫濱地標塔大廈LANDMARK TOWER展望台，眺望白天的橫濱港區街景，接著到緊鄰大廈隔壁的皇后廣場QUEEN'S SQUARE輕鬆購物後，來到位於橫濱皇家花園酒店Yokohama Royal Park Hotel內，以把妹聖地為名的70樓空中酒吧「SIRIUS」享受悠閒的下午茶，傍晚時，再到空中纜車的始祖老舖YOKO-HAMA COSMOWORLD，來趙妳濃我濃的觀纜車之旅，最後是臨港公園的百萬繽紛夜景，為整個橫濱約會行程畫下完美的句點。
還有，如果要在東京看夜景的話，我個人推薦惠比壽的花園廣場、六本木之丘、再走遠一點就是橫濱港區未來21囉！夜晚的惠比壽附近真的非常棒，特別是聖誕節前後！

惠比壽花園廣場夜景

台場彩虹大橋夜景

橫濱港景

蘿莉G：

惠比壽花園廣場的聖誕節燈飾……整個浪漫到不行！真不知道Thumb懂不懂得這些戀愛小撇步？不過，我想心誠則靈，Thumb也許會傻人有傻福囉！

ATSUO：

喔~是嗎？這麼容易？

蘿莉G：

女生都喜歡誠心誠意的人好嗎？！哪像你！追女生就像在敲計算機一樣，心機男一隻！！

ATSUO：

呃嗚~~您教訓的是，就像日語有句成語「初 心 忘れるべからず……」，就是──勿忘初衷！

VI-V 特典二

邂逅一番研究所：What is《魚乾女》?

　　戀愛中的男女，在外個個光鮮亮麗，回到家中，卻是……是的！這就是日本年輕社群的怪現象——

　　「魚乾女」是日本現代社會「勝ち組 vs. 負け犬」兩極化思想風潮下的最新產物，日文叫「干物　女」，而「干物」在日語中指的是「曬乾的香菇、木耳」之類，顧名思義「干物女」=乾巴巴的、沒有水分的女子。

　　這個日文流行語發源自少女漫畫大師秀樂沙鷺的作品《ホタルノヒカリ》（中譯：小螢的青春或螢之光）。劇中27歲的女主角「雨宮螢」，風華正茂卻無心戀愛，總認為與其出門聯誼，不如在家矇頭睡覺。平日工作表現還算認真勤奮，但下了班就打死不願意出門。週末假日幾乎都躲在家裡，穿著高中時代的運動服，然後隨意地將頭髮紮起來，歪斜地躺在沙發上喝啤酒、看電視或DVD，凡事都說「這樣最輕鬆」，小螢邋遢到不行的生活態度，看在正方形個性同居人部長眼裡，彷彿青春已成魚乾的老人，「魚乾女」的封號於是誕生。

　　漫畫、啤酒、零食就是魚乾女的三項神器，不過中午不起床的生理機制，出門一曬到太陽就覺得累，不想掌握任何機會，穿著寬鬆沒線條的服裝，非必要不打扮、舒適比漂亮更重要，相對於別人的眼光，覺得自己的感覺更重要……事實上，魚乾女的處境與煩惱問題貼近現實，千萬不要以為這現象只會出現在30歲以上單身女人，這些症狀發生在20幾歲的年輕女子身上已經越來越多，近年來魚乾女氾濫的社會現象以及造成的話題，甚至讓日本的電視台不惜砸重金，請來玉女——綾瀨遙、金男——藤木直人攜手演出《ホタルノヒカリ》的漫畫改編活生生真人版，在電視圈一片收視率低迷的情況下，獲得社會大眾廣大迴響硬是殺出紅盤！

　　而這個<魚乾度檢驗>，則可以檢測出妳的魚乾程度是維持在鮮活女人狀態？魚乾預備軍？魚乾？終極魚乾？！是不是已經好久沒有細心裝扮，不太記得什麼是戀愛和心跳的感覺呢？那麼，妳可能距離魚乾愈來愈近，離優質美女愈來愈遠囉！

▲戀人啊！小心戀上的是個「魚乾女」喔！

☆ 對照下列問題，算算符合自己的項目到底有幾個？

1. 我是追求悠閒舒適生活為終身指標的二十代or三十代的年輕女子。
2. 我在家裡把頭髮隨意夾起是定番，無論額頭看起來有多麼光亮。
3. 我愛穿寬鬆舒服的運動彈性布料，即使整體狠不搭也無所謂。
4. 我家裡廁所裡留有用完後的衛生紙包裝袋。
5. 我洗臉時不太照鏡子。
6. 我假日不洗臉、不化妝也不穿內衣。
7. 我認為女生必須除毛的季節只有夏天。
8. 我好像不太清楚自己的內衣尺寸。
9. 我內衣買來從不調整bra的帶子。
10. 我已經忘記有多久沒量體重or家裡根本沒有體重機。
11. 我有癢處就搔，從不care場合或癢的位置。
12. 我出門時忘記帶東西，懶得脫鞋乾脆直接以腳尖踩著地板進房間拿。
13. 我買衣服只逛家裡附近的精品店。

14. 我曾經利用雙面膠暫時or永久黏住綻線的裙襬。

15. 我一個人也敢大膽上餐廳吃飯。

16. 我覺得用店家的手巾擦臉很OK。

17. 我的口頭禪是「好麻煩哦」、「隨便就好」、「算了」。

18. 我認為在家裡看漫畫，比跟男人談戀愛有趣，而且非常憧憬漫畫世界裡的
    人物。

19. 我是網路依存症患者，隨時隨地想上網，即使上網沒事做也要經常掛在
    網上。

20. 我的E-MAIL回覆內容總是很短，而且信件回覆也超慢。

21. 我如果沒有摸清對方的脾氣、個性，就不太願意深入交流。

22. 我的每個月手機費永遠不會超過最低通話費。

23. 我喜歡寫日誌或日記，或用相片記錄自己的生活點滴。

24. 我一路測驗下來，發現自己雖然每項都中，卻也不是特別在意。

25. 老實說，像這樣一項一項確認，我覺得實在麻煩透了！

☆ 祝!!! <My魚乾度>初公開

20個以上

魚乾度 90%	完全謝絕麻煩事物，妳是隻水分盡失的正真正銘的魚乾女

12-19個

魚乾度 60%	身為女人的能力低下，目前正在急速脫水中的魚乾預備軍

4-11個

魚乾度 30%	隨時隨地想談戀愛都OK，妳是個鮮魚系女孩

3個以下

魚乾度 10%	<祝>鏘～鏘～鏘恭喜老爺賀喜夫人，請登上 "優質女孩" 寶座

25個全部

魚乾度100%	<祝>宇宙最強 "魚乾化石" 誕生

炸裂!!

演唱會

震撼

LIVE CONCERT

漫天櫻花燦開的東京，又臨百家歌手春季巡迴演唱會的季節。星夢翩翩的Thumb和天團舞者～Shin.1+Kazuya+Shingo～四人，特別到CD店Check當季最新專輯猛做功課，還相約齊赴SMAP演唱會現場參拜見學。孰知那SMAP演唱會門票無敵超夢幻，傑尼斯明文規定「抽票戰」的優勝者才有資格入場膜拜偶像，就看Thumb的手氣如何了……果真是千金難買夢幻票啊～（淚）

VII-1 搶！千金難買夢幻票

❂ 普普風定番会話 ❂

Thumb SMAPのコンサートに行(い)きたいね〜でもチケットは簡単(かんたん)に取(と)れないよね?

su.ma.p.pu.no.ko.n.sa.a.to.ni.i.ki.ta.i.ne.de.mu.chi.ke.t.to.wa.ka.n.ta.n.ni.to.re.na.i.yo.ne

好想去看SMAP的演唱會噢〜但是票應該很難買得到吧？

Shin.1 ジャニーズだけは、関係者(かんけいしゃ)でも取(と)るの難(むずか)しいからね。

ja.ni.i.zu.da.ke.wa.ke.n.ke.i.sha.de.mo.to.ru.no.mu.zu.ka.shi.i.ka.ra.ne

唯有傑尼斯，連相關人員都很難拿得到票呢。

先輩(せんぱい)の舞台(ぶたい)に出(で)てるJr.の子(こ)たちですら、なかなかチケットも取(と)れないらしいよ……

se.n.pa.i.no.bu.ta.i.ni.de.te.ru.ju.ni.i.a.no.ko.ta.chi.de.su.ra.na.ka.na.ka.chi.ke.t.to.mo.to.re.na.i.ra.shi.i.yo

即使是那些參加前輩舞台演出的小傑尼斯們，好像聽說也很難拿到票喔……

★ 情報轟炸G

無論在音樂著作權、藝人肖像權、演唱會門票配給管理等各方面，傑尼斯事務所在日本藝能業界是出了名的嚴格。演唱會方面，乃由旗下子公司「演唱會事務局」承攬所有相關事務，演唱會門票的販售更完全以「傑尼斯售票條款」的獨有票務條件為根據，鮮少開放一般售票機制給非會員歌迷，也幾乎沒有所謂的「公關票」，業界相關人士亦必須透過所屬公司，向事務所申請購票資格後，按照定價付錢買票！

即使是參與該場演唱會表演的小傑尼斯或演出者的家人朋友，一票難求的狀況十之八九！基本上這類票通稱「仲間元氣」票，「仲間」顧名思義就是「好夥伴」的意思，除了位置稍優以外，毫無其他特權可言。

類似「公關票」的「仲間元氣」票，也是關卡重重，一票難求！

Thumb　へえ〜厳（きび）しいんだね!しかし、チケットが上手（うま）く取（と）れるいい方（ほう）
法（ほう）ってないのかな?
he.e.e.ki.bi.shi.n.da.ne.shi.ka.shi.chi.ke.t.to.ga.u.ma.ku.to.re.ru.i.i.ho.o.
ho.o.t.te.na.i.no.ka.na
呃〜真嚴格了！但是，難道沒有演唱會門票輕鬆入手的好方法嗎？

Kazuya　ファンクラブに入（はい）って、会員（かいいん）限定（げんてい）の予約（よやく）抽選（ちゅうせん）に参戦（さんせん）するか
fa.n.ku.ra.bu.ni.ha.i.t.te.ka.i.i.n.ge.n.te.i.no.yo.ya.ku.chu.u.se.n.ni.sa.n.se.n.su.ru.ka
要不就加入家族俱樂部，參加會員限定的預約抽票戰。

プレイガイドやチケットぴあ、ローソンチケットなどの一般（いっぱん）発（はつ）
売（ばい）を狙（ねら）うか。
pu.re.i.ga.i.do.ya.chi.ke.t.to.pi.a.ro.o.so.n.chi.ke.t.to.na.do.no.i.p.pa.n.ha.
tsu.ba.i.o.ne.ra.u.ka
不然就是瞄準PLAYGUIDE或TICKET PIA、LOWSSON TICKET
的一般售票系統。

まぁとにかく、人気（にんき）コンサートチケットをゲットするのは大変（たいへん）
なんだよね……
ma.a.to.ni.ka.ku.ni.n.ki.ko.n.sa.a.to.chi.ke.t.to.o.ge.t.to.su.ru.no.wa.ta.i.he.n.na.
n.da.yo.ne
唉總之，要搞到人氣演唱會門票可是困難的哩……

Shingo　電話予約（でんわよやく）なんかも指（ゆび）が折（お）れるくらい、かけなきゃだしさ!
de.n.wa.yo.ya.ku.na.n.ka.mo.yu.bi.ga.o.re.ru.ku.ra.i.ka.ke.na.kya.da.shi.sa
就連電話預約，也簡直是被迫要撥到指頭斷！

CNプレイガイド、チケットぴあ、ローソンチケット屬於日本三大售票系統，相似於台灣的「年代售票」系統，為一般大眾所廣泛利用。而針對人氣高的熱門表演，各大售票系統通常會於一般正式販售前一兩天，開放給該系統會員以電話先行預約購票。

Thumb へえ～全然知らなかったよ！それでもみんなで頑張って取ってみようよ!
he.e.e.ze.n.ze.n.shi.ra.na.ka.t.ta.yo.so.re.de.mo.mi.n.na.de.ga.n.ba.t.te.to.t.te.mi.yo.o.yo
呃～我全然不知情耶！就算如此大家還是努力想辦法試試看嘛！

SMAPのコンサートは絶対勉強になるに違いないし!
su.ma.p.pu.no.ko.n.sa.a.to.wa.ze.t.ta.i.be.n.kyo.ni.na.ru.ni.chi.ga.i.na.i.shi
何況參加SMAP的演唱會絕對能夠獲益超多！

Kazuya 一応、コンビニ行って確認する?
i.chi.o.o.ko.n.bi.ni.i.t.te.ka.ku.ni.n.su.ru
姑且，要不要去便利商店確認一下？

チケット販売専用の機械が置いてあるからさ。
chi.ke.t.to.ha.n.ba.i.se.n.yo.o.no.ki.ka.i.ga.o.i.te.a.ru.ka.ra.sa
反正那裡有設置票券販賣專用的機器嘛！

日本的便利商店真是狠腳色，舉凡電影票、演唱會門票、展覽會入場券、甚至遊樂園門票等各類票券都可以在便利商店透過專用機器購得入手，名副其實的超便利！

Shingo　電話予約したチケットもコンビニで引き換えることが多いよね。
de.n.wa.yo.ya.ku.shi.ta.chi.ke.t.to.mo.ko.n.bi.ni.de.hi.ki.ka.e.ru.ko.to.ga.o.o.i.yo.ne
利用電話預約的票很多都要到便利商店兑換呢。

Thumb　現代人はなんでもネットとコンビニで済ますんだなぁ……
ge.n.da.i.ji.n.wa.na.n.de.mo.ne.t.to.to.ko.n.bi.ni.de.su.ma.su.n.da.na.a
現代人還真是什麼都靠網路和便利商店解決噢……

Shin.1　君も現代人だからね！ちゃんとついてきてね！
ki.mi.mo.ge.n.da.i.ji.n.da.ka.ra.ne.cha.n.to.tsu.i.te.ki.te.ne
你也是現代人呀！可得好好跟進喔！

⚙ 單字拼盤 ⚙

かん たん
簡単　　　　　簡　單
ka.n.ta.n

チケット　　　　　票
chi.ke.t.to

かん けい しゃ
関係者　　　相關人員
ka.n.ke.i.sha

むずか
難 しい　　　　困　難
mu.zu.ka.shi.i

ぶ たい
舞台　　　　　舞　台
bu.ta.i

らしい　　　　好像聽説
ra.shi.i

きび
厳 しい　　　　嚴　格
ki.bi.shi.i

ほう ほう
方法　　　　　方　法
ho.o.ho.o

かい いん
会員　　　　　會　員
ka.i.i.n

げん てい
限定　　　　　限　定
ge.n.te.i

よ やく
予約　　　　　預　約
yo.ya.ku

ちゅう せん
抽選　　　　　抽　選
chu.u.se.n

さん せん
参戦　　　　　參　戰
sa.n.se.n

いっ ぱん はつ ばい
一 般 発 売　　　一般發售
ia.p.pa.n.ha.tsu.ba.i

ねら
狙 う　　　瞄準
ne.ra.u　　　看準

ゆび
指　　　指 頭
yu.bi

お
折れる　　　折 斷
o.re.ru

いち おう
一 応　　　姑 且
i.chi.o.o

コンビニ　　　便利商店
ko.n.bi.ni

かく にん
確 認　　　確 認
ka.ku.ni.n

はんばい せんよう
販売専用　　　販賣專用
ha.n.ba.i.se.n.yo.o

き かい
機械　　　機 器
ki.ka.i

ひ か
引き換える　　　兌 換
hi.ki.ka.e.ru

おお
多 い　　　多
o.o.i

げん だい じん
現 代 人　　　現代人
ge.n.da.i.ji.n

ネット　　　網 路
ne.t.to

す
済ます　　　解 決
su.ma.su

応援追跡物語 ★

✿ 必勝！激生完美句型 ✿

▶ 名詞＋すら　　　　連……都、甚至連……都

表示「連……都」，類似英文裡的「even」。

こども　し
1 子供ですら知っている。
ko.do.mo.de.su.ra.shi.t.te.i.ru
連小孩都知道。

かお　お　だ
2 あいつの顔ですら思い出せない。
a.i.tsu.no.ka.o.de.su.ra.o.mo.i.da.se.na.i
甚至連那傢伙的臉都想不起來。

ぶちょう　か ろう
3 部長ですら過労でダウン。
bu.cho.o.de.su.ra.ka.ro.o.de.da.u.n
連部長都因過勞而倒下。

▶ 名詞＋なんか　　　　　　……等、之類的

由許多事物當中舉出主要的一件事物作為例子，暗示還有其他類似的事情、狀況，通常用於口語表現，也是「など」的普通話。

だい きら
1 あんたなんか大嫌い！
a.n.ta.na.n.ka.da.i.ki.ra.i
你這人超討厭！

て　はい
2 チケットなんかもう手に入らないよ！
chi.ke.t.to.na.n.ka.mo.o.te.ni.ha.i.ra.na.i.yo
光門票都已經很難入手了啦！

❸ これなんかどうですか？
ko.re.na.n.ka.do.o.de.su.ka
你看看這個怎麼樣？

◉ に＋違いない　　　一定是、肯定是

這個句型通常會給人一種誇張的感覺。當說話者以某種情況或某事為根據，做出非常有自信及肯定的判斷時使用。

❶ 勝つに違いない！
ka.tsu.ni.chi.ga.i.na.i
肯定會贏！

❷ 売れるに違いない！
u.re.ru.ni.chi.ga.i.na.i
肯定暢銷！

❸ 死ぬに違いない！
shi.nu.ni.chi.ga.i.na.i
必死無疑！

Ⅶ-Ⅱ 強！CD銷售排行榜

參 戰守則第七條：演唱會前最新專輯必Check2008％！
So，Thumb+Shin.1+Kazuya+Shingo前搖後擺一路舞到涉谷
HMV唱片，做演唱會前最後衝刺囉！

❀ 普普風定番会話 ❀

Kazuya 渋谷のタワーレコードか、HMVがこの辺で一番CD売ってるよ。
shi.bu.ya.no.ta.wa.a.re.ko.o.do.ka.e.chi.e.mu.bu.i.ga.ko.no.he.n.de.
i.chi.ba.n.shi.i.di.i.u.t.te.ru.yo
涉谷的淘兒或HMV屬於這附近CD數量最多的店家喔。

新譜のコーナーは向こうの棚で、シングルコーナーはここ。
shi.n.pu.no.ko.o.na.a.wa.mu.ko.o.no.ta.na.de.shi.n.gu.ru.ko.o.na.a.wa.ko.ko
新曲販賣區在那邊的架上，單曲區在這兒。

★ 情報轟炸G

1990年屬於英國EMI體系下的HMV日本第一號店在涉谷登陸後，版圖急速擴展，規模媲美TOWER RECORD、新星堂、山野樂器、TSUTAYA等各大音樂相關物專賣店，而HMV涉谷店亦成為涉谷區地標之一，除了本地人不分年齡層全面愛用之外，外國觀光客到涉谷也一定會來到HMV親身體驗POWER OF THE MUSIC。

HMV門市

Thumb SMAPの 一番 新しいアルバムはどれですか？
su.ma.p.pu.no.i.chi.ba.n.a.ta.ra.shi.i.a.ru.ba.mu.wa.do.re.de.su.ka
SMAP最新的專輯是哪一張？

Shin.1 これですよ！超ハマる曲ばっかりだ！
ko.re.de.su.yo.cho.o.ha.ma.ru.kyo.ku.ba.k.ka.ri.da
就是這張て！裡頭盡是一些超級令人忘我的曲子て！

Shingo そう！マジヤバイよね～このグループは絶対NO. 1だ！
so.o.ma.ji.ya.ba.i.yo.ne.ko.no.gu.ru.u.pu.wa.ze.t.ta.i.na.n.ba.a.wa.n.da
對！真的厲害到讓人心臟負荷不了了～這個團體絕對是第一名！

Kazuya あちらの試聴コーナーで聞けますよ！
a.chi.ra.no.shi.cho.o.ko.o.na.a.de.ki.ke.ma.su.yo
在那邊的試聽區就可以試聽喔！

Thumb この曲にはホントに感動した。
ko.no.kyo.ku.ni.wa.ho.n.to.ni.ka.n.do.o.shi.ta
真是被這首曲子感動到。

Shingo さすが大物シンガーソングライターの周水さんだね。
sa.su.ga.o.o.mo.no.no.shi.n.ga.a.so.n.gu.ri.ta.a.no.shu.u.su.i.sa.n.da.ne
真不愧是知名詞曲創作家周水老師的作品呀。

情報轟炸G

★周水Shusui★

傑尼斯王牌製作人兼詞曲創作家。1976年出生於日本東京。2005年傑尼斯當紅偶像龜梨和也、山下智久組成夢幻二人組團體「修二與彰」一舉成名曲的「青春Amigo」即出自他手，更奪下當年度ORICON銷售總冠軍，近年來除了在日本樂壇與瑞典音樂人共同創作發表了許多膾炙人口的好歌外，亦將觸角伸至音樂劇、廣告配樂創作，熱力延燒國際樂壇中。

圖片提供：Shusui

詞曲創作家周水老師

Kazuya 周水さんのバラードはやっぱり最高です！
shu.u.su.i.sa.n.no.ba.ra.a.do.wa.ya.p.pa.ri.sa.i.ko.o.de.su
周水老師的情歌果然還是最讚的！

Shin.1 俺は彼が手かけたMISIAの最新アルバムが好きだね。
o.re.wa.ka.re.ga.te.ka.ke.ta.mi.i.sha.no.sa.i.shi.n.a.ru.ba.mu.ga.su.ki.da.ne
我喜歡他參與製作的米希亞最新專輯。

オリコンランキング上位だけに、なおさらおすすめだよ!
o.ri.ko.n.ra.n.ki.n.gu.jo.o.i.da.ke.ni.na.o.sa.ra.o.su.su.me.da.yo
正因為排行ORICON公信榜前幾名，就更加值得推薦呢！

★ 情報轟炸G

　　　　　　　　每週二固定發表，為日本音樂界評價指標
　　的ORICON公信榜，對於日本音樂市場擁有絕對的影響力，目
前為止在ORICON史上留名的，除了專輯銷售創下連續九年第一的
濱崎步之外，松任谷由實、B'z、早安少女、松田聖子，以及包含近
藤真彥、光源氏等傑尼斯旗下藝人等，都是榜上留名的常勝軍，而
ORICON公信榜為日本音樂界所提供的良性競爭空間，值得目前已
無正式公信榜機制的台灣音樂市場參考借鏡。

公信榜雜誌

Thumb なるほど! 噂にも聞いてました!
na.ru.ho.do.u.wa.sa.ni.mo.ki.i.te.ma.shi.ta
原來如此！我也聽説過傳聞！

せっかくだから、MISIAのアルバムも買おうかな?
se.k.ka.ku.da.ka.ra.mi.i.sha.no.a.ru.ba.mu.mo.ka.o.u.ka.na
既然你如此推薦，不如也來買張米希亞的專輯聽聽？

Shingo しかもあの透き通った歌声もヤバイから、買うべしだよ!
shi.ka.mo.a.no.su.ki.to.o.t.ta.u.ta.go.e.mo.ya.ba.i.ka.ra.ka.u.be.shi.da.yo
而且加上她那清脆嘹亮的歌聲也狠殺，非買不可啦！

✿ 單字拼盤 ✿

タワーレコード
ta.wa.a.re.ko.o.do.
淘兒唱片

HMV
e.chi.e.mu.bu.i
HMV唱片

シングル
shi.n.gu.ru
單　曲

アルバム
a.ru.ba.mu
專　輯

しん ぷ
新 譜
shi.n.pu
新　曲

む
向こう
mu.ko.o
那　邊

ハマる
ha.ma.ru
沉　醉

きょく
曲
kyo.ku
樂　曲

なんばー わん
NO.　1
na.n.ba.a.wa.n
第一名

ヤバイ
ya.ba.i
厲　害

し ちょう
試聽
shi.cho.o
試　聽

かん どう
感 動
ka.n.do.o
感　動

さすが
sa.su.ka
果然是
名不虛傳

おお もの
大物
o.o.mo.no
大人物

プロデューサー
pu.ro.dyu.u.sa.a
製作人

しゅう すい
周水
shu.u.su.i
Shusui
（日本流行樂
壇詞曲製作人）

バラード
ba.ra.a.do
情　歌

だからこそ
da.ka.ra.ko.so
正因如此

シンガーソング
ライター
shi.n.ga.a.so.n.gu.ra.i.ta.a
詞曲
創作者

として
to.shi.te
身　為

て
手かけた
te.ka.ke.ta
參　與

MISIA
mi.i.sha
米希亞
（日本流行
樂壇歌姫）

オリコン
o.ri.ko.n
ORICON
（日本公信榜）

ランキング
ra.n.ki.n.gu
排行榜

じょう い
上位
jo.o.i
前幾名

なおさら
na.o.sa.ra
更、愈

なるほど
na.ru.ho.do
原來如此

❀ 必勝！激生完美句型 ❀

▶ 名詞＋ばっかり　　　　　　　　只、光是

　　常見的口語句型，用於述說「很多同樣的東西」、「多次重複同樣的事情」時，表示「除了這個沒有別的」的意思，類似英文的only的用法。

1 失敗ばっかりしている。
shi.p.pa.i.ba.k.ka.ri.shi.te.i.ru
老是出錯。

2 彼はいつも文句ばっかり言う。
ka.re.wa.i.tsu.mo.mo.n.ku.ba.k.ka.ri.i.u
他總是光發牢騷。

3 漫画ばっかり読まないでよ!
ma.n.ga.ba.k.ka.ri.yo.ma.na.i.de.yo
不要光看漫畫啦！

▶ ……だけに＋なおさら　　正是因為……更加

　　這個完美句型專門用來表示「因為……原因，當然更加……」的意思，也含有理所當然的意味兒在裡面，類似英文片語的all the more用法。

1 人気だけに、なおさら売れるんだろう。
ni.n.ki.da.ke.ni.na.o.sa.ra.u.re.ru.n.da.ro.o
正因為人氣旺，更加會暢銷吧。

2 男の意地だけに、なおさら負けられない。

o.to.ko.no.i.ji.da.ke.ni.na.o.sa.ra.ma.ke.ra.re.na.i

正因憑著男人的骨氣就更不能輸。

3 若さだけに、なおさら頑張らなくちゃ!

wa.ka.sa.da.ke.ni.na.o.sa.ra.ga.n.ba.ra.na.ku.cha

正因為年輕更要努力!

◉ せっかくだから　　　既然機會難得，就……

表示説話者接受對方善意的邀約、建議時的開場白句型，表示説話者希望把握機會、善加利用的意思，通常用於句首，是日本人慣用的委婉説法。

1 せっかくだから一緒にご飯食べませんか?

se.k.ka.ku.da.ka.ra.i.s.sho.ni.go.ha.n.ta.be.ma.

se.n.ka

既然機會難得，要不要一起吃個便飯？

2 せっかくだから一緒に行こうよ。

se.k.ka.ku.da.ka.ra.i.s.sho.ni.i.ko.o.yo

既然機會難得就一起去嘛。

3 せっかくだから告白しちゃおうよ。

se.ka.ku.da.ka.ra.ko.ku.ha.ku.shi.cha.o.o.yo

既然機會難得就告白啊。

VII-III 演唱會現場HIGH翻天

手裡緊握著搶破頭的演唱會門票，一群人來到水道橋的東京巨蛋。沒錯！就是今天！Thumb他們唏哩呼嚕的進到偌大的會場，期待和興奮的心情早就狂奔，生平第一次參戰演唱會的Thumb，更是忍不住叫囂猛喊：Oh! My Concert! I'm coming !!

✿ 普普風定番会話 ✿

日本東京巨蛋，許多演唱會都在此舉辦

Shingo 東京ドームに着いた!

よ〜し！みんな今日は盛り上がっていくぞ!
to.o.kyo.o.do.o.mu.ni.tsu.i.ta.yo.o.shi.mi.n.na.kyo.o.wa.mo.ri.a.ga.t.te.i.ku.zo.

抵達東京巨蛋了！好へ！兄弟們今天要盡情High到底喲！

Thumb 僕はもう既にテンションあがっちゃって堪んないです!
bo.ku.wa.mo.o.su.de.ni.te.n.sho.n.a.ga.c.cha.t.te.ta.ma.n.na.i.de.su

我早就興致高昂到凍未條啦！

Shin.1 まず、会場内で販売しているグッズをみよう!
ma.zu.ka.i.jo.o.na.i.de.ha.n.ba.i.shi.te.i.ru.gu.z.zu.o.mi.yo.o

首先，來逛逛會場內正在販賣中的周邊商品吧！。

Shingo 俺はライブには欠かせないペンライトが買いたい!
o.re.wa.ra.i.bu.ni.wa.ka.ka.se.na.i.pe.n.ra.i.to.ga.ka.i.ta.i

我想買參加演唱會不可或缺的螢光棒！

Kazuya オペラグラスとうちわも 忘れずにね!
o.pe.ra.gu.ra.su.to.u.chi.wa.mo.wa.su.re.zu.ni.ne
別忘了望遠鏡和應援扇喔!

終 於!演唱會正式引爆～
It's a show time 2008!!!全場瘋狂熱歌勁舞……

SMAP
全員　み～～～んな!最後まで盛り上がって行くぞーーー!!!!!
mi.i.i.i.n.na.sa.i.go.ma.de.mo.ri.a.ga.t.te.i.ku.zo.o.o.o
所有的人～!盡情High到底喲!!!!!

台下
女歌迷A　キャーーー!拓哉カッコイイ!愛してる!
kya.a.a.a.ta.ku.ya.ka.k.ko.i.i.a.i.shi.te.re
嘰呀～!拓哉帥呀!我愛你!

台下
女歌迷B　慎吾指差して!!!
shi.n.go.yu.bi.sa.shi.te
慎吾指我啦!!!

台下
女歌迷C　中居くんピースして!!!
na.ka.i.ku.n.pi.i.su.shi.te
中居對我比YA啊!!!

Thumb やっぱり生がー番だな～迫力が全然違うもん!
ya.p.pa.ri.na.ma.ga.i.chi.ba.n.da.na.ha.ku.ryo.ku.ga.ze.n.ze.n.chi.ga.u.mo.n
果然還是聽現場最讚啦～魄力截然不同!

Kazuya バンドもダンサーもー流ばっかりだ!
ba.n.do.mo.da.n.sa.a.mo.l.chi.ryu.u.ba.k.ka.ri.da
不論樂團或舞者也全都是一流的!

Shin.1　オープニングから盛り上がったよね！
o.o.pu.n.ni.n.gu.ka.ra.mo.ri.a.ga.t.ta.yo.ne
從開場就高潮迭起呢！

Thumb　興奮しすぎて、全身が汗でびしょびしょだよ！
ko.o.fu.n.shi.su.gi.te.ze.n.shi.n.ga.a.se.de.bi.sho.bi.sho.da.yo
興奮過度，搞得全身流汗濕答答了啦！

Shingo　ラストだ！アンコールはあるのかな？
ra.su.to.da.a.n.ko.o.ru.wa.a.ru.no.ka.na
最後一首歌了！不知道有沒有安可曲？

全場　アンコール! アンコール! アンコール! アンコール! アンコール……
粉絲　a.n.ko.o.ru.a.n.ko.o.ru.a.n.ko.o.ru.a.n.ko.o.ru.a.n.ko.o.ru
安可！安可！安可！安可！安可！安可！安可……

Kazuya　楽しい時間は過ぎるのがいつも速いよね。
ta.no.shi.i.ji.ka.n.wa.su.gi.ru.no.ga.i.tsu.mo.ha.ya.i.yo.ne
快樂的時光過得總是比較快嘛。

Thumb　このコンサートは一生の思い出になるな〜！
ko.no.ko.n.sa.a.to.wa.i.s.sho.o.no.o.mo.i.de.ni.na.ru.na.a
這場演唱會將變成一生的回憶啊〜！

Shin.1+Kazuya+Shingo　ずっと忘れなそうだよね！
zu.t.to.wa.su.re.na.so.o.da.yo.ne
永遠都不可能忘記的哦！

❀ 單字拼盤 ❀

とうきょう
東京ドーム
to.o.kyo.o.do.o.mu
東京巨蛋

すで
既に
su.de.ni
已經

まず
ma.zu
首先

かいじょうない
会場内
ka.i.jo.o.na.i
會場內

はんばい
販売
ha.n.ba.i
販賣

グッズ
gu.z.zu
周邊商品

ライブ
ra.i.bu
LIVE
演唱會

か
欠かせない
ka.ka.se.na.i
不可或缺

ペンライト
pe.n.ra.i.to
螢光棒

オペラグラス
o.pe.ra.gu.ra.su
望遠鏡

なま
生
na.ma
現場

はくりょく
迫力
ha.ku.ryo.ku
魄力

ぜんぜん
全然
ze.n.ze.n
完全
截然

違う
chi.ga.u
不一樣

オープニング
o.o.pu.ni.n.gu
開場

盛り上がった
mo.ri.a.ga.t.ta
高潮迭起

バンド
ba.n.do
樂團

ダンサー
da.n.sa.a
舞者

一流
i.chi.ryu.u
一流

途中
to.chu.u
中途

花火
ha.na.bi
煙火

ビックリ
bi.k.ku.ri
嚇一跳

興奮
ko.o.fu.n
興奮

汗
a.se
汗水

びしょびしょ
bi.sho.bi.sho
濕答答狀

ラスト
ra.su.to
最後

アンコール
a.n.ko.o.ru
安可

✿ 必勝！激生完美句型 ✿

▶ まず　　　　　　　　　先、首先、開頭

　　放在句首的完美句型，與「最初に」（最初）、「第一に」（第一）的用法相通，亦包含「其他的暫且不提」的意思，類似英文first用法。

1 まず、はじめに 出 席 をとります。
ma.zu.ha.ji.me.ni.shu.s.se.ki.o.to.ri.ma.su
一開始，先點名。

2 まず、あなたから 発 表 をお願いします。
ma.zu.a.na.ta.ka.ra.ha.p.pyo.o.o.ne.ga.i.shi.ma.su
首先，請由你開始發表。

▶ 動詞+ず+に+(動詞句)　　　不⋯⋯、沒⋯⋯

　　雖然屬於書面用語，但口語中也常常見到，後面接動詞句型，也就是不要、不用、不必、不可以⋯⋯

1 諦 めずに最 後 まで頑 張 ろう!
a.ki.ra.me.zu.ni.sa.i.go.ma.de.ga.n.ba.ro.o
不要灰心堅持到底！

2 どうぞ気にせずに行ってください。
do.o.zo.ki.ni.se.zu.ni.i.t.te.ku.da.sa.i
請不用介意，你走吧。

3 初心を忘れずにしよう。
しょ しん わす

sho.shi.n.o.wa.su.re.zu.ni.shi.yo.o

勿忘初衷。

◉ 句尾＋ね

喔、囉、吧、呢、耶……
等語氣助詞

具有徵求對方同意的語氣型口語，有時候也可以用來表現說話者輕微的感嘆！

1 この漫画ってめちゃくちゃ面白いね!
まん が　　　　　　　　　　　　おも しろ

ko.no.ma.n.ga.t.te.me.cha.ku.cha.o.mo.shi.ro.i.ne

這本漫畫亂有趣一把的呢！

2 よく見てくださいね。
み

yo.ku.mi.te.ku.da.sa.i.ne

請仔細看囉。

3 ここのラーメンは美味しいね?!
お い

ko.ko.no.ra.a.me.n.wa.o.i.shi.i.ne

這裡的拉麵很好吃吧？！

VII-IV 特典一

G&A發騷珍格言の卷☆彡

ATSUO：
演唱會啊~~~我也表演過很多次呢！

蘿莉G：
對呀！話說你也是個天團御用舞者！說真的，到底有沒有演唱會公關票？造福一下朋友嘛！

ATSUO：
真的很難啦！就拿傑尼斯演唱會來說，這些「Johnny's Family Club」傑尼斯家族俱樂部會（通稱JFC），依據各團體分門別類，想要到演唱會現場一睹心愛偶像風采的歌迷會員們，通通必須接受 場次申請→ 匯款抽票→ 當選通知→ 夢幻門票入手等基本抽票戰爭的洗禮！

蘿莉G：
沒辦法！誰教演唱會就是那麼迷人！
參與其中就要狂揮應援扇、猛甩螢光棒、搶光周邊商品……然後放煙火~啾~啾~碰！嗯…瘋狂爆讚！

ATSUO：
喂！這位小姐，那些花樣唯有傑尼斯派才會出現吧？

蘿莉G：
才不哩！像w-inds.的演唱會照樣瘋狂喔！
我們這些工作人員常常為了管不住失去理智的熱情粉絲大傷腦筋，演唱會期間搞High過頭、行為脫序放蕩的暴走級歌迷破壞現場……真的是滿嚴重的問題！

 ATSUO：
哎呀，差點忘記蘿莉G妳也是身經百戰、中日語雙聲帶的演唱會幕後人呢！失敬失敬……

蘿莉G：
嘿！你不也是偶像演唱會的表演常客嗎？喜歡什麼樣的粉絲呀？

ATSUO：
當然喜歡對舞者友善的歌迷囉！
記得有一次跳著跳著跳到渾然忘我時，突然被台下的歌迷嗆了一句「擋路，滾開！」，很傷人吧？所以我最開心見到台下的歌迷對我揮手尖叫了，畢竟舞者也是很賣力演出的！

蘿莉G：
如果是怪怪牌粉絲呢？例如大穿角色扮演裝之類，從舞台上放眼一望，那些人是不是真的超搶眼呢？大家為了能夠讓心愛的偶像多瞧一眼，可是卯足全力呢！

ATSUO：
嗯呀……不過常常都會被我們拿來當作後台話題，哈哈！無論如何，希望我們家的未來新星Thumb，有朝一日也可以成為萬人迷偶像天王囉！

蘿莉G：
頑張れ〜Thumb！！！

國際歌迷跨國追星已司空見慣

青山劇場少年隊音樂劇現場

VI-V 特典二
演唱會一番研究所：
激辛！演唱會內幕大公開

☆ 演唱會基本用語

リハ
ri.ha
排　演

ゲネプロ
ge.ne.pu.ro
中途不喊卡的完整排演

マチネ(MATINE)
ma.chi.ne
午間場

ソワレ(SOIREE)
so.wa.re
夜間場

アリーナ席 ^{せき}
a.ri.i.na.se.ki
接近舞台中心的座位

アリーナ席
a.ri.i.na.se.ki
接近舞台中心的座位

スタンド席
su.ta.n.do.se.ki
離主舞台稍遠，呈現階梯狀的座位

親子席
o.ya.ko.se.ki
親子專用席次

関係者席
ka.n.ke.i.sha.se.ki
關係者專用席

開場
ka.i.jo.o
開放入場

しゅう えん
終演
shu.u.e.n

終場

い
入り
i.ri

指演唱會當日相關人、事、物的到場

お
押し
o.shi

延後開演時間，通常因天候等各項因
素造成觀眾入場狀況不佳時使用

スタンバイ
su.ta.n.ba.i

準備

かげ
影アナ
ka.ge.a.na

唯有聲音不見本人的場內廣播

いち　　　ほん
1 ベル/ 本ベル
i.chi.be.ru/ho.n.be.ru

開演前五分鐘響起的鈴聲稱為"1Bell"
正式開演前則稱為"本Bell"

まく
幕
ma.ku

現場各式布幕總稱

はな みち
花道
ha.na.mi.chi

由主舞台延伸而出的長型舞台

かみ て
上手
ka.mi.te

由觀眾席望去右手邊的舞台

しも て
下手
shi.mo.te

由觀眾席望去左手邊的舞台

**ビー・ジー・
エム=BGM**
bi.i.ji.i.e.mu

BGM開演前後播放的現場音樂

スピーカー
su.pi.i.ka.a

音　響

スクリーン
su.ku.ri.i.n

螢幕、電視牆

エムシー＝M.C.
e.mu.shi.i

演出中特別為台上下設計的聊天時間

カーテンコール
ka.a.te.n.ko.o.ru

謝　幕

カウコン
ka.u.ko.n

倒數演唱會

ソロコン
so.ro.ko.n

單飛演唱會

ドームコン
do.o.mu.ko.n

巨蛋演唱會

オン・ステージ
o.n.su.te.e.ji

on stage舞台前總稱

オフ・ステージ
o.fu.su.te.e.ji

off stage舞台後總稱

せんしゅう らく
千　秋　楽＝オーラス
se.n.shu.u.ra.ku o.o.ra.su

最後一場公演

☆ Keyman！後台各式人種

ほんにん
本人
ho.n.ni.n

現場指藝人本人；演唱會主角
＝尖叫對象

プロダクション
マネージャー
pu.ro.da.ku.sho.n.
ma.ne.e.ja.a

所屬事務所經紀人；藝人保母
＝主修黑臉

バックアップ
バンド
ba.k.ku.a.p.pu.
ba.n.do

Back up Band；音樂擔當＝情緒駭客

バックアップ
ダンサー
ba.k.ku.a.p.pu.
da.n.sa.a

Back up Dancer；舞蹈擔當＝熱場高手

えんしゅつか / ふ　つ　し
演出家/振り付け師
e.n.shu.tsu.ka fu.ri.tsu.ke.shi

現場指導、編舞師；負責企
劃整體演出＆舞蹈編輯
＝視效達人

PA
p.i.i.e.i.

PA；音響擔當＝震撼管理

ぶ たいかんとく
舞台監督
bu.ta.i.ka.n.to.ku

舞台監督；演唱會總指揮
＝Live幫總舵主

しょう めい
照明さん
sho.o.me.i.sa.n

照明；燈光擔當＝氣氛大師

ケータリング
ke.e.ta.ri.n.gu.

Catering；藝人或Band、Dancer的
吃喝擔當＝衛生局長

スタイリスト
su.ta.i.ri.su.to

造型師；服裝整體造型擔當
＝流行教主製造機

ヘアメイク
he.a.me.i.ku

化妝髮型；藝人妝髮擔當＝美麗達人

ワードローブ
wa.a.do.ro.o.bu

Wardrobe；服裝管理＆演出中的換裝
助手＝千手觀音

演唱會現場全區通行證

☆ WOW！專業術語大解剖

しょう めい　　さむ
照 明 が 寒 いね
sho.o.me.i.ga.sa.mu.i.ne

批評燈光水準很差時

はし
走っちゃってるね
ha.shi.c.cha.t.te.ru.ne

歌曲、音樂、舞蹈等，發生趕拍
狀況時

もたってるね
mo.ta.t.te.ru.ne

歌曲、音樂、舞蹈等，發生渙散
不集中時

かん　う　　あま
感じ打ちが甘い！
ka.n.ji.u.chi.ga.a.ma.i

燈光、音樂下的不精準時

いた
痛い！
i.ta.i

現場音質惡劣時

おはようございます
o.ha.yo.o.go.za.i.ma.su

不分白天晚上認識與否，圈內人
當日首度遭遇時所使用的固定招
呼語

よろしくお願いします
ねが
yo.ro.shi.ku.o.ne.ga.i.shi.ma.su　現場隨時必掛嘴上的禮儀句

お疲れ様でした
つか　さま
o.tsu.ka.re.sa.ma.de.shi.ta　工作告一個段落、離場時必説

☆ GO！東京地區主要演唱會會場

会場名	所在地	容納人数
青山劇場03-3797-5678	渋谷区神宮前5-53-1	1200
味の素スタジアム0424-40-0555	東京都調布市西町376-3	50000
有明コロシアム03-3529-3301	江東区有明2-2-22	9000
国立競技場03-3403-1151	新宿区霞ヶ丘町10-2	60057
渋谷ＮＨＫホール03-3465-1751	渋谷区神南2-2-1	3677
渋谷公会堂03-3463-3022	新宿区霞ヶ丘13	40000
Zepp Tokyo03-3599-0710	江東区青海１パレットタウン	2709
東京厚生年金会館03-3356-1111	新宿区新宿5-3-1	2062
東京国際フォーラムホールA03-5221-9000	千代田区丸の内3-5-1	5012

会場名	所在地	容納人数
東京国際フォーラムホールC 03-5221-9000	千代田区丸の内3-5-1	1502
東京ドーム03-5800-9999	文京区後楽 1 － 3	55000
東京文化会館03-3828-2111	台東区上野公園5-45	2317
中野サンプラザ 03-3388-1151	中野区中野4-1-1	2222
日本武道館03-3216-5100	千代田区北の丸公園2-3	14951
日比谷野外音楽堂 03-3591-6388	千代田区日比谷公園1-5	2664
代々木競技場第一体育館 03-3468-1175	渋谷区神南2-1-1	13753
代々木競技場第二体育館 03-3468-1175	渋谷区神南2-1-1	320

代代木競技場

青山劇場

「Good My Feeling」

music Baby
lyrics Thumb

ねそべった　ソファーをベッドに	從沙發到床鋪　隨性慵懶
眺めてる　君の動く影	凝視著妳的一舉一動
差し込んだ　光が二人を包んでく	灑入的光芒　包圍著我們倆
無くしたゆとりの鍵を　君の中で探してる	在妳身上尋找著　我曾失去那名為自在的鑰匙
特別じゃなくていい　心　身体　そっと　やすらいでく	不需要與眾不同　心與身體　自由自在
Good My Feeling	Good My Feeling
素朴に君と過ごす	簡簡單單與妳過生活
Good My Feeling	Good My Feeling
小さく微笑んで	微微一笑
Good My Feeling	Good My Feeling
少ない言葉数で	不用多話
Good My Feeling	Good My Feeling
温もり溶かし合おう	融化分享彼此的體溫
雨音が　外をに賑あわせ	雨聲　在外頭喧騰著
ひとときの　涼しさを運ぶ	帶來一刻的涼爽
何気ない　笑顔が自然にこぼれてた	自然而然　笑容浮現臉上
優しい時の流れに　まだ埋もれていたいから	我還想繼續沉浸在這溫柔時光中
そのスイッチは切って　もっと　近く　君を　感じてたい	關掉開關　更靠近　我想再更進一步感受妳
Good My Feeling	Good My Feeling
素朴に君と過ごす	簡簡單單與妳過生活
Good My Feeling	Good My Feeling
小さく微笑んで	微微一笑
Good My Feeling	Good My Feeling
少ない言葉数で	不用多話
Good My Feeling	Good My Feeling
温もり溶かし合おう	融化分享彼此的體溫
Good My Feeling	Good My Feeling
素朴に君と過ごす	簡簡單單與妳過生活
Good My Feeling	Good My Feeling
小さく微笑んで	微微一笑
Good My Feeling	Good My Feeling
少ない言葉数で	不用多話
Good My Feeling	Good My Feeling
温もり溶かし合おう	融化分享彼此的體溫
	在妳所在之處

♥ Special Thanks ♥

Dear Akira 君へ

人生で起きる出来事で意味がない事なんて、この世に無いと思う。

人はどん底にいる辛さを噛み締めて、初めて魂の芯から強くなろうとする。

頑張れ！と私にはそれしか言いようがないし、それだけが言いたい。

いつでもいつまでもずっと∞

ここ、遠い台湾からあなたのことを応援しているから

あなたの大ファンより

〜Dear All〜

It's our time to fly

Follow our dreams and reach out for the stars

We are the best of pals

Thanks for being in my life

&

Sending you my biggest hug with love

*以及所有蘿莉G感恩在心，卻趕不及簽名的親朋好友們……

★謹謝終身恩師

前 日本東邦音樂大學河井弘子助教授

日本亞細亞大學留學生別科山口みどり老師

前 國立東京學藝大學大學院綜合音樂分野高橋修一教授

國立中山大學音樂系邱麗君教授

前 金華國中黃緯導師

　　　最後，願將此書獻給2006年2月25日移民天國的Sunny Hung=我最摯愛
的父親洪高山先生♥沒有你的咬牙栽培、辛苦教養，今日女兒怎麼能成就這
一切？！現在，請Sunny在
遙遠的天國拉長耳朵傾聽
他唯一女兒誠摯的說聲：
3Q把拔&我愛你∞

永遠的型男高山兄＆
有爸萬事足的小小蘿莉G

國家圖書館出版品預行編目資料

超級偶像應援日語—日本偶像天團舞者教你流行日語 ／ 蘿莉G＆ATSUO ◎著
--初版----臺北市：臉譜出版：家庭傳媒城邦分公司發行
2008〔民97〕面：　公分，--（臉譜語言學習系列FK2001G）

ISBN 978-986-6739-48-4（平裝）

1.日語 2.讀本

803.18　　　　　　　　　　　　　　　　　　　　　　　97005564

臉譜語言學習系列FK2001G
超級偶像應援日語—
日本偶像天團舞者教你流行日語

作者　　　　蘿莉G＆ATSUO
責任編輯　　胡文瓊
美術設計　　innmax∞ 平行宇宙設計工作室 賴宜孝
插畫　　　　李明珠 JU.JU
攝影　　　　蘿莉G、Howard
錄音　　　　蘿莉G、高橋悟
製作協力　　樂迷國際有限公司
行銷企劃　　陳玫潾、陳彩玉
發行人　　　涂玉雲
出版　　　　臉譜出版
　　　　　　台北市信義路二段213號11樓
　　　　　　電話：886-2-2356-0933　傳真：886-2-2341-9100
發行　　　　英屬蓋曼群島商家庭傳媒股份有限公司城邦分公司
　　　　　　台北市民生東路二段141號2樓
　　　　　　讀者服務專線：889-2-2500-7718；2500-7719
24小時傳真專線：886-2-2500-1990；2500-1991
服務時間：週一至週五09：30～12：00；13：30～17：00
劃撥帳號：19863813；戶名：書虫股份有限公司
　　　　　　城邦網址：http://www.cite.com.tw
讀者服務信箱：service@readingclub.com.tw
香港發行所　城邦（香港）出版集團有限公司
　　　　　　香港灣仔軒尼詩道235號3樓
　　　　　　電話：852-2508-6231　　傳真：852-2578-9337
馬新發行所　城邦（馬新）出版集團
　　　　　　【Cite（M）Sdn.Bhd.（458372U）】
　　　　　　11, Jalan 30D/146, Desa Tasik, Sungai Besi,
　　　　　　57000 Kuala Lumpur, Malaysia
　　　　　　電話：603-9056-3833　傳真：603-9056-2833
初版一刷　　2008年5月8日
ISBN 978-986-6739-48-4

定價299元　HK＄100元